U0526966

乐谱与
旅行的男人

[日]芦边拓 著　青青 译

芦边拓幻想短篇集

台海出版社

◇千本櫻文庫◇

◇前言 PREFACE

文库，原本是指收纳书物的仓库和书库，也指收纳书与记事簿，以及不常用物品的小箱子。以前者为例，京滨急行线的"金泽文库站"就是以前镰仓时代北条氏用来收藏汉书用的，"金泽文库"名字的由来便是如此。东京都的世田谷区也存在着收集着珍贵汉书的"静嘉堂文库"。后者则更多地被称为"手文库"。

江户时代以来，可以放入袖袂的小开本书籍逐渐流行起来，被称为"袖珍本"。明治三十六年（1903年），富山房发行了小开本的丛书，起名"袖珍名著文库"。随后，明治四十四年（1911年），讲述战国时代的猿飞佐助和雾隐才藏系列故事的讲谈社"立川文库"发行出版。讲谈是日本民间艺术，以口语化的方式讲述历史故事的形式。而"立川文库"则是将讲谈收录成册集中出版的丛书，据统计，当时刊行量为200册左右。从那时起，文库就脱离了原本的释意，逐渐演变成了现在的类书集丛。

文库的说法借鉴了日本出版业界的传统说法。而千本樱源自日本奈良县吉野山樱花盛开的奇景，世人皆称"一目千本樱"来形容樱花美景。千本樱文库的纳入作品皆为日系作品，题材包括推理、悬疑、幻想、青春、文化等类型，正如千本樱满山盛开的绝景。

现代日本，以"文库"命名刊行的丛书系列有200种以上，所谓"文库本"只不过是统称而已。日本传统的"文库本"常用的是A6尺寸的148mm×105mm，也叫"A6判"。千本樱文库的所有书籍将在"文库本"的基础上提升，达到148mm×210mm的开本标准。追求还原的前提下，力图带给读者更清晰的阅读体验。

从20世纪70年代以来，日系推理小说逐步进入中国读者的视野。随着时代更替，涌现出了各种不同风格的作家。日系推理能够长久不衰的原因之一在于设立的各种新人奖，这些新人奖能为日本文坛输送新鲜血液，不断地创作优秀作品。鲇川哲也奖是日本东京创元社在1990年创立的公募新人文学奖，也是日本推理作家们至关重要的出道途径。该奖创立以来挖掘出了众多才华横溢的作家，如芦边拓、二阶堂黎人、西泽保彦、柄刀一、城平京、相泽沙呼等。

芦边拓是第一届鲇川哲也奖的获得者，但他却出道于幻想文学新人奖。其作品风格多样，涉及知识丰富，从学术到流行文化无所不有。本次为大家带来三部他的幻想短篇小说集，分别是获得了"第十四届喝酒的书店店员最爱作品大奖"的《奇谭贩卖店》，致敬了江户川乱步《押绘与旅行的男人》的《乐谱与旅行的男人》，以及《叔叔的旅行箱：幻灯小剧场》。

三部作品中都各自收录了6个短篇。《乐谱与旅行的男人》是本系列的第二部。在《乐谱与旅行的男人》中，伴随着古老记忆留下的音乐，一个男人将难以搜寻到的乐谱带给了寻找难忘音乐的委托人。

左右人生的音乐、难忘的音乐、一直追寻的音乐。要想再听一次，就得找到乐谱。如果有那样乐谱，你要寻找吗？请享受像精致乐章一样的故事。

千本樱文库编辑部

目 录
· CONTENTS ·

曾叔祖母欧帕尔的故事
001

萨尔茨堡的自动风琴
025

城塞的亡灵
053

在三重十字旗下
077

为西太后而作的京剧
099

西洋镜剧院的悲喜剧
129

《乐谱与旅行的男人》之旅
160

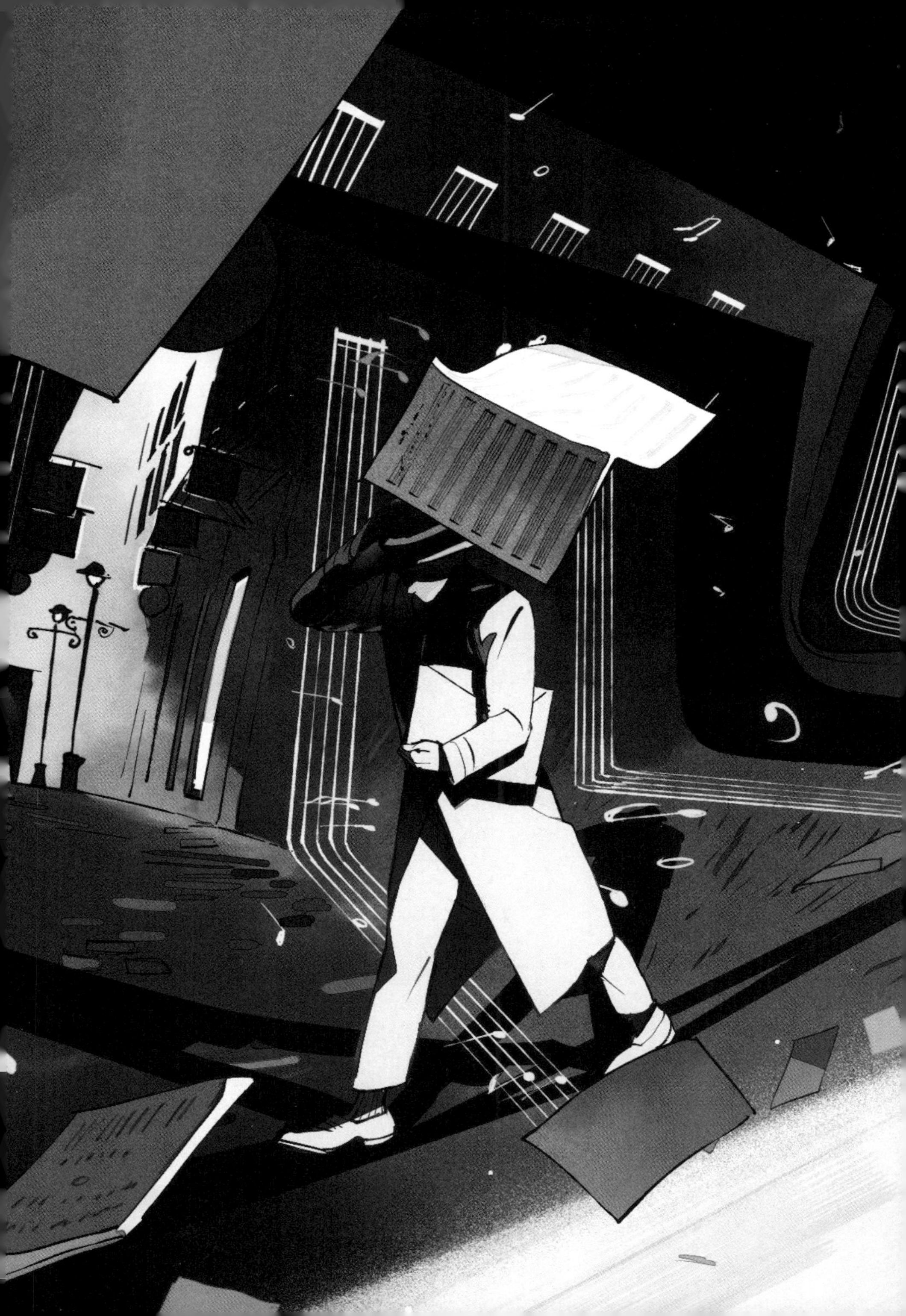

乐谱与旅行的男人

曾叔祖母欧帕尔的故事

1

那个男人总觉得在哪里见过。

眼下我正位于查令十字街以东的塞西尔巷的旧书店区。至于地铁，乘皮卡迪利线到莱斯特广场站下车后，往南经过温德姆剧院便能看到。

我暗自喜欢着那边角落里的一家儿童书店。有时我会在此驻足，但我不会进去翻阅，而是透过展示窗遥望那些令人怀念的书籍。里面倒也没有什么特别稀奇的书，都是一些现在仍在不断改版出版的作品，比如伊妮德·布莱顿的冒险故事，有着红色封底的淘气孩子"威廉姆"系列丛书，以及少男少女化身为侦探或记者上演的各种故事。

没错，这些书本身并不稀奇，但这样反而恰到好处。它们会出现在家里的儿童房、学校的图书室、移动书库，又或者在朋友家中，可能作为圣诞礼物，不经意地与读者再次相见。当然，即便第一次看也别有趣味。

第二次世界大战之前，查令十字街一带因遍布旧书店而盛极一时，现在除了这边的小路外，剩下的旧书店全都散落在沿着大街北上的东边小路上。

塞西尔巷鳞次栉比的书店都是窗明几净、小而整洁。不过有读者还觉得犹有不足，因此每家店都有自己的特色和经营领域。既有与自行车、飞机、铁道火车相关的专业书店，也有收集着大量老式海报和明信片的书店，甚至还有书店里全都是意大利语书。我记得就是在这里的一处角落里见过那个男人。

那是一家门店稍小、以音乐为卖点的书店，那个男人在店门前摆着的几个木箱前驻足。即使不走近看，也知道那木箱里装着的是乐谱，因为男人不断拿出又放回去一些薄薄的小册子。大部分他看一眼就塞回去了，不过当他确认着小册子里的五线谱时，光从背影都能想象他看得是何等的专注。

查看完一箱后，接着看下一箱。我看见那个男人不光只看了一遍，他仿佛被店门前的乐谱箱迷住了一般，好几次在其中翻找。不过，我对那个男人没太多兴趣，而对方也没有注意到我。直到我因为参加曾叔祖母欧帕尔的聚会，在位于贝克汉姆的科特兰德府偶遇疑似该男子的人之前，我已经完全忘了他。当然之后我也无法确信那就是他，所以并没有上前询问。

东南铁路从伦敦开往位于伦敦东南方向的肯特郡。在线路枢纽站之一的维多利亚站乘坐经停各站的列车，摇晃个二十几分钟，就能到达贝克汉姆连接站。

大抵和其他车站一样，这里也有站前广场和商店街，其中还残存着维多利亚时代红砖结构的分区式店铺,而我今天匆匆略过它们,走过了十字路口。我用余光看着通往教堂和墓地的公园,笔直朝着住宅区的中央走去。尽管稍微有点远,不过附近也没看见出租车,所以只得作罢。

随着不断深入,我仿佛回到了过去,连身份都变得微贱了。因为越是往里走,周围就越是散发着古典气息的老宅区,每家宅邸的占地面积也越来越大。不知不觉间,我甚至有种跨越了几个世纪的错觉。

不知是未能得到精心修整,还是出于主人的爱好,比其他人家大好几倍的科特兰德府坐落在一片郁郁葱葱的浓绿树荫之中。房屋整体是佐治亚风格,屋顶四面倾斜,带着山墙封檐,玄关两侧建有圆形柱子,门前树木繁密茂盛,乍一看都有些看不清了。

看来这里确实有进行最基本的修整,草坪并未疯长到令人不忍卒视的程度,但帕戈拉玫瑰已经完全枯萎,带刺的花蔓缠绕丛生。庭院里最先映入眼帘的是前院的榆树,蜿蜒的枝条宛若倒挂着的幽灵蜘蛛,又像戈尔贡三姐妹[1]的头发。玄关前的橡树枝干粗壮,得要两三个人才能合抱,它的树枝笔直地伸出,仿佛像要抓住这栋房子。

我的曾叔祖母,也就是欧帕尔·科特兰德,从出生到现在,便一直生活在这里。尤其是在与其双亲死别后的近七十年的时光里,除了用人外,她就一个人生活。我一边回想着她几乎一辈子被称为科特兰

---

1 戈尔贡三姐妹是希腊神话中的蛇发女妖三姐妹,名字依次为丝西娜(Stheno)、尤瑞艾莉(Euryale)、美杜莎(Medusa)。——译者注

德小姐的一生，以及她恐怕不多的时日，一边踏进宅邸。此时，我忽然感到有什么，或者说是有什么人与我擦肩而过。我向前走了几步才回头望去，不过可能为时已晚，映入眼帘的只有来时种着法国梧桐的小路，石板路上，几片树叶正在随风起舞。

我按响了门边的门铃，里面传来现在很少能听见的蜂鸣声。就连这一点，也让我感觉是不合时宜的新事物。不一会儿门便打开了，我走进去，稍微安心了一点。尽管进门看到屋里装饰着老旧的壁纸和地毯，整个空间都被煤烟熏到褪色，但在起居室里聚集的，都是身穿现代服饰、刚刚坐东南铁路到访此处的人们。

"哎呀，欢迎你的到来！"

"好久不见……最近怎么样？"

"咦，你是不是瘦了点？什么，是这样吗？"

大家聊着极其日常，甚至无关紧要的话题。而端坐其中的曾叔祖母，也就是欧帕尔·科特兰德，像是在告诉我，这里并不是什么苏荷区或是肯辛顿附近的咖啡馆。她如同蜡像一般一动不动地坐在轮椅上，苍白的脸上看不出任何感情。她身上的服装也十分古朴，让人不禁联想起塞西尔巷旧书店里售卖的画作。她手上戴着与她瘦弱的身形完全不相称的硕大戒指。她周身的时间仿佛停滞了一般，感觉只要一靠近，就会被那种磁场吸过去。

但比起曾叔祖母，她身后的那个古老的黑箱子显然要更吸引我。那是一架极其常见的立式钢琴。

2

今天是曾叔祖母欧帕尔·科特兰德的百岁生日——其实也并非如此,大家担心如果真等到那天,可能会出什么意外,所以决定提前为她庆祝。

大家会如此积极地为欧帕尔曾叔祖母庆祝生日,自然是有原因的,不,应该说有所企图。因为大家都想知道毕生未婚的曾叔祖母独自一人在这里守护了多少财产,她过世后这些财产又将何去何从,不然也没人会毫无理由地来到她家。

在伦敦近郊拥有这等规模的地皮和房产,肯定是价格不菲。房间里尽管看似都是些过时的破烂玩意儿,但拿去拍卖说不定也能卖出个好价钱。这些财物的去向自然令人在意。但不仅如此,据说欧帕尔曾叔祖母有一个从未告知过任何人的秘密,而这秘密就藏在这房子里的某个角落。在她去世后,她的财产想必会通过一定法律程序进行分割,而如何去分,自然取决于活着的人们。不过无论这座宅邸是被保留下来,还是干脆整体拆除,她的秘密——说不定有什么价值连城的东西——都会随着她的逝去而一同消逝,这实在是令人惋惜。不过欧帕尔曾叔祖母本就沉默寡言,关于这件事,无论旁人如何引诱,甚至有时直接露骨地问起,她自始至终都未谈起。更何况目前她年事已高,每天都有人来照顾她,生活上似乎并无障碍,但记性却变差了很多。尤其是最近，她连开口说话都有些困难，从她的年龄来看，这也无可奈何。

今天无论住得远近，无论血缘亲疏，大家都聚集于科特兰德府，他们在伦敦聚会时会偶尔谈到的，正是欧帕尔曾叔祖母。确切说来，谈及的都是她的资产，以及刚刚提到的"秘密"。不过即使是关系很亲近的亲戚或友人，对她的私生活也几乎一无所知。至于这座宅邸藏着怎样的秘密，以及这东西是否真的存在，这一切自然无从知晓。因此在谈笑间，大家决定一旦有谁发现了类似秘密的东西，就一定要向大家公开，而发现者或是功劳最大者可以优先成为受益者。虽然半带玩笑意味，但这群人中既有事务律师，也有前警官，这种口头承诺也确实带有一定的约束力。

这群人中，她的侄女——一位可能已经年过八十，被大家称为米尔德里德叔祖母的老妇人，在亲戚们的茶会上偶然谈起过这样一件事。

"欧帕尔姑母——她说的是欧帕尔·科特兰德太太——幼时母亲早逝，她与父亲两人料理着家事。她父亲由于工作原因经常要四处奔波，据说一个月有一大半时间都是她一个人生活，她家那么大的房子不可能不请用人，不过好像也只是在需要时才会请人过来打理。大概是习惯了这样的生活，父亲在战争中过世后，她也一直没嫁人，独自守护着位于贝克汉姆的家。

"不知是因为家族血脉,还是受到工作狂父亲的影响,她性情有些乖僻。也许正是因此,她终日待在家中,一直到今日,也从不与外界接触。所以她的一生过得毫无波澜……但唯有一次,好像有些关于她的奇特传闻,可能是正值战时,也可能是在那之前吧,毕竟那可是到处都飘散着火药味的时期。"

在场的人不由得啧啧称奇。

"没想到那个干瘪瘦弱的老婆婆还经历过这种事啊!""那传闻究竟是什么呢?"面对稍显兴奋的众人,精神矍铄的米尔德里德叔祖母用指尖轻抚额头说,"没错,当时啊,据说那房子里时不时会传来奇妙的音乐声,好像是她弹钢琴的乐声,总之那是谁都没听过的旋律。说起来,我也曾听过一次,不过那已经是战后好久的事了,毕竟在德国和日本四处开战那会儿,我还只是个小孩。

"好像是因为有东西寄给我,我便来到贝克汉姆拜访她。当时,我听见房子深处传来了奇妙的旋律,正思索着侧耳倾听时,正巧住在附近的一位妇人从家中出来,她突然停下脚步说,'哎呀,好久没听到那首曲子了,虽然我到现在也不知道那究竟是什么。'面对她不问自答的喃喃低语,我不由得在意起来,便问了问她。据说战争结束前,她时常能听到这首曲子,而且不是别的,就仅仅只有这一首曲子。光是这样倒也算了,那位妇人还提到,'有一天我听到这首曲子,便去拜访了科特兰德府,但无论我怎么敲门都无人来应,她明明应该是在家的呀……'因为听到她这么说,我站在大门前时还有些紧张,但出现在门后的欧帕尔姑母笑意盈盈地迎接了我,她的神色看上去多少有些落寞。作为她唯一的兴趣,她也弹了钢琴给我听,但那首曲子太过普通,甚至算不上什么流行乐曲。不知为何,我并没有问起刚刚听到的那首曲子,因为直觉告诉我,这事不能随便打听。自那以后,我也见过姑母几次,但最终没能提及,也没有机会再听到她弹奏那首曲子。"

虽然只是大家随意谈及的话题,但却奇妙地触动了我的心弦。因为在她即将迎来百岁之际,当她的精神即将与身体一同消逝,即便现在也跟消逝别无二致之时,那首"奇妙的音乐"也许可以刺激她的神经,重新唤起她的记忆。

至于动机不言而喻,当然是为了寻找欧帕尔·科特兰德这位女性即将带进坟墓,连她自己都可能已经全然忘记的财产中最宝贵的部分。毕竟,即使去挖掘欧帕尔曾叔祖母的过去,也没人有什么可靠的记忆。她似乎不怎么与人来往,唯一让人留下一点印象的,也就是有些不可思议的钢琴演奏而已。

大家纷纷问米尔德里德叔祖母那是一首怎样的乐曲。

"可笑,这么久以前的事,我怎么可能还记得呢。"她付之一笑。这么说来倒也无可奈何,但她稍微想了一会儿,然后轻轻用手指打起了拍子。

"哒哒哒哒、哒哒哒哒、哒哒哒哒哒、哒哒哒哒哒哒⋯⋯"她合着奇妙的节奏轻轻哼唱了一段,然后面带微笑地环视着惊讶的年轻人们，"对，就是这样一首曲子。"她像是自我附和一般，略带满足地说道。

就这么点曲调和节奏，除此以外连歌词都没有，确实太过模糊了，几乎起不到任何提示作用，大家只能放弃继续思考。不过也确实没其他什么线索了。

有一点倒是确凿无疑，那便是称欧帕尔曾叔祖母为姑母的米尔德里德叔祖母虽然记性不错，但在重现音乐这一点上实在称不上优秀。

这样可不行啊……大部分人都这样想着，只得早早作罢，但也有少数几人并未放弃。他们又在其中找到了一条线索。米尔德里德叔祖母突然站起来说："说起来，好像在那里……"她边自言自语，边从柜子深处拿出相册，给众人看了一张贴在相册上的抓拍照。虽然她的乐感不尽人意，但记忆力似乎还没有衰退。

"看，这个……我都忘了，这是那时我用偶然带去的相机拍下的照片。说不定是唯一一张年轻时的欧帕尔姑母的照片，至少我们家只有这一张了。"

她边说边指着一张完全褪成了深褐色的照片，上面映着一位三十多岁的女性，她坐在钢琴前，对着镜头露出含蓄的微笑。

照片上的人似乎极为内向，表情看上去既有些腼腆，又有些胆怯。如此想来，她会在这栋房子里独自过完一生，也并非什么不可思议的事。

众人都惊讶于她年轻时的清秀模样，虽然称不上是什么美人，但那是以现在的样子来看绝对想象不到的。如果是更年轻时的照片，想必会更好看吧。这张照片让人深深感受到了时间的无情与无常，不过众人也在照片中找到了一条线索。

那就是她抱在胸前的乐谱，应该说是写在封面上的文字。

在围观相册的人中，有人注意到了这点。

"咦，这是……"

"可能是标题吧？"大家纷纷交头接耳。

似乎是习惯性动作，听到此话的米尔德里德叔祖母用手指抵着额头，回忆起来。"对了。"好像她又想起了什么，"我想起来了，我正要拍照时，欧帕尔姑母马上从钢琴边拿出这琴谱，快速抱在胸前。我还正纳闷她不像是会摆姿势的人……当时她弹琴给我听时用的是别的谱子，所以说不定这就是那首曲子的曲谱。如果是这样，她应该很不希望别人看见这份曲谱吧。"

不知是偶然还是她有意为之，封面上大部分文字都被她的手和手臂挡住，难以辨认，不过大家还是在封面上读出了只言片语，有好事者拿着放大镜仔细确认。

我寻思着，这似乎不是英文。

之所以能够快速做出判断，要归功于正好能看到的文字上的标号，那是像倒V字的音调符号——在法语里称为长音符（accent circonflexe）。

这意味着什么呢？我首先猜想，这可能是法国或比利时等法语圈国家出版的乐谱，因此作曲家也可能是这些国家的人。众所周知，法语会在元音上加一个小符号，如â、ê、î、ô、û，但也不能因此就断言，因为葡萄牙语也会使用这个符号，如â、ô、û——似乎被称为重读元音（acento circonflexo）。此外罗马尼亚语中也有â和î，斯洛伐克语中也会用到ô这个字母。

这个符号还可用在辅音上，如果是ŵ或者ŷ的话，就是威尔士语，而如果出现了ĉ、ĝ、ĥ、ĵ、ŝ的话，则应该是扎门霍夫发明的世界语，但事情并没有这么简单。考虑到乐谱的标题中有ô，所以至少可以知道这不是世界语，也并非罗马尼亚语。

解释了这么多，其实这些也都在关于欧帕尔曾叔祖母的议论中有所提及。众人个个阅历丰富，而且都是高知精英，可以就各国语言进行比较和对照。不过即使众人集思广益，最终也未能得出答案。假设她偶尔弹奏的珍贵曲谱就是这个，那作者想必也是以该种文字为母语的人，然而事实并非如此简单。

这是我偶然有机会在科特兰德府整理那些经年累月积攒下来的破烂玩意和无用之物时发生的事。这些东西已经很久没用过了，确切来说，是随着时代的变化，想用也用不上了。我一边处理着这些，一边分类整理着一些旧书、杂志和信件。

当中也有她爱用的乐谱，但数量并不多，而且都是些常见的欧洲或美国的曲子，我没找到任何一本标题上带着那种符号的乐谱。

不知是因为时间太久而遗失了，还是她自己处理掉了，目前唯一

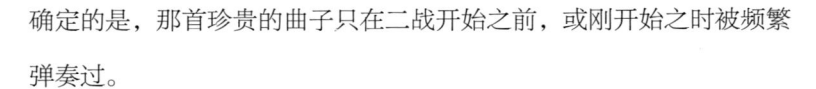

确定的是，那首珍贵的曲子只在二战开始之前，或刚开始之时被频繁弹奏过。

尽管很多人都参与了解谜，但毕竟线索太少，而且也无法从那个长音符号联想到是哪个国家的曲子，所以除某人之外，大家都放弃了。而且说句不好听的，即使大家真的知道了那首奇妙的乐曲究竟是什么，然后弹给欧帕尔曾叔祖母听，又能有什么结果呢？也许并不会给那活了一个世纪的大脑一丝刺激，毕竟这种事情没有任何保障。

但只有一个男人不这样想。没错，唯有那个在查令十字街和塞西尔巷的旧书店里一心翻找旧乐谱的男人……

3

当这个男人毫无礼貌地朝着起居室的一角走去时，不知为何，我有种非常不舒服的感觉。

这个男人是科特兰德家的一位亲戚，名叫艾尔巴特。尽管他经常会在大家举行的聚会上露面，但没人清楚他究竟是做什么工作的。

"那果真就是照片里拍到的那架钢琴吗？"我喃喃说出从刚才起就很在意的问题。

很多在座的人都注意到了这个问题，艾尔巴特似乎也充分意识到了这一点。他用略显浮夸的语气说道："那么各位，其实我有一份礼物要送给欧帕尔曾叔祖母……就是这本乐谱！"他边说着，边像变戏法一样拿出一本已经完全褪色,连边角和装订处都破烂不堪的小册子。

瞬间,毫无准备的众人难掩惊讶之色,可能因为想起了之前看到的那张深褐色的照片吧。同时也因为注意到这本乐谱和照片中年轻的欧帕尔曾叔祖母抱在胸前的那本一模一样。

封面上确实印着带着山形的长音符"ô",艾尔巴特故意不让大家看到全部,迅速打开乐谱,放在钢琴的琴谱台上。"事实胜于雄辩,赶紧来弹弹看吧。"他边说着,边面朝琴键开始弹奏起来。

那真是非常不可思议的旋律。乍一听像是我们听惯了的音乐,但又有几分异国情调。就好像创作者虽然学习过西洋音乐,但有着与西洋音乐完全不同的文化土壤一样,时不时能从乐曲中看出端倪来。

艾尔巴特的演奏绝对谈不上出色,也就比用两根手指弹奏强一点,但即便如此,也足以将乐曲中哀婉的曲调传达给众人。而更让在座的人感到疑惑的是,尽管在场有对音乐知之甚详的音乐爱好者,却无人知晓眼前演奏的曲子究竟是什么。别说曲名了,连其中一小节都没有人听过。

不,只有一个人例外。

正当众人疑惑地猜测这是什么曲子,眼下发生了什么,以及为什么开起了小型演奏会时,身后突然传来了说话声。

"哎呀,真令人怀念啊!就是这个,这就是我几十年前在这附近听到的……没错,一定是这首曲子。"熟悉的声音里带着一丝激动,是今天姗姗来迟的米尔德里德叔祖母。

"那，叔祖母……"

"这就是您之前说过的'那首曲子'吗？"

众人反应过来，纷纷问道。比以往打扮得更为精致的米尔德里德叔祖母面带微笑地说道："我刚刚不也说了吗……哎呀，欧帕尔姑母，您在这里啊，看上去还挺精神的，真的好久不见了……刚刚那个人演奏的，确实是姑母那时候用那架钢琴弹奏出的曲子吧？"

不知是场面话，还是她果真是这样想的，她对如同蜡像一般坐在轮椅上的欧帕尔曾叔祖母微微笑了笑。

"……"

她没有回答。面对一群脸上写满疑惑的小孩（在她看来是这样），即将百岁的老妇人没有做出任何反应。但当艾尔巴特面前的曲谱即将演奏到最后一页时，我似乎看见欧帕尔曾叔祖母的头以及放在轮椅扶手上的手痉挛似的抖动了一下。

注意到这一点，众人吓得回头看向她。欧帕尔曾叔祖母那看似空无一物的眼睛猛然睁大了，如同被怪异博士电击后从沉睡中醒来的行尸走肉一般。不，她周围的人更像是遭到了雷击一般。

这倒也难怪，毕竟没人能想到可能要永久地待在轮椅上，在昏沉的浅眠中迎接死亡的曾叔祖母竟然奇迹般地清醒了过来。但这还只是一切的开端，欧帕尔·科特兰德依旧瞪大双眼，凝视着虚空。接着用她那宛若蜡像的手猛然抓住扶手，慢慢地……但确确实实站起来了。

"曾、曾叔祖母？"

"这不可能……"

众人发出惊讶乃至惊恐的声音。但欧帕尔曾叔祖母像是听不见周遭的声音一般，她没有理会身边的人，晃晃悠悠地在地毯上迈出第一步。

面对这突发状况，没人上前阻止。尽管有人觉得她这样太勉强自己了，但害怕一碰到她就会出意外，所以并没有出手阻止。只有艾尔巴特一人带着会心的微笑，看着这一奇迹，眼里闪动着光芒，与他那故作绅士的笑容毫不相配。

面对可能因为年事已高而摇摇晃晃的曾叔祖母，他立刻伸出手道："那我们走吧，科特兰德太太。"他上前带起路来。他的声音恭敬有礼，声音深处却带着邪恶的笑意。

就这样，屋子里出现了奇妙的队列。以慢得惊人的步伐蹒跚向屋内走去的老妇人，小心翼翼地护着她前进的男人，以及神色讶异地跟在二人身后的男男女女。最终这奇妙的队列到达的是她母亲曾经使用过的房间。在这个构造和其他房间并无差别的房间里，只有一点和别处不同。

刚刚也提到过，欧帕尔曾叔祖母的母亲科特兰德夫人早早就过世了，这里想必很久没有使用过了。但主人似乎比我想象中要更勤快，里面被打扫得十分干净，家具也摆放得井井有条。

即便如此，墙面还是很脏，虽然贴着带有威廉·莫里斯风格的花

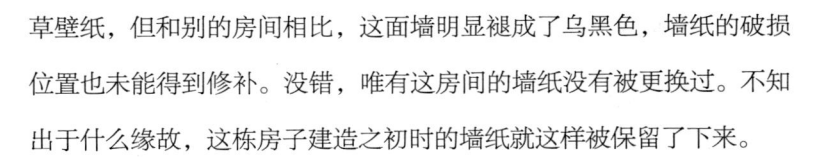

草壁纸，但和别的房间相比，这面墙明显褪成了乌黑色，墙纸的破损位置也未能得到修补。没错，唯有这房间的墙纸没有被更换过。不知出于什么缘故，这栋房子建造之初时的墙纸就这样被保留了下来。

注意到这一点，众人停下脚步，好奇地环顾四周。欧帕尔曾叔祖母则在艾尔巴特的看护下，如同发条松了的人偶一般蹒跚前行。她的拖鞋在地上缓缓拖动着，朝着没有窗户的墙壁一角走去。

终于，她在某个位置站定，向着墙面伸出了微微颤抖的左手，仿佛要把那枚任何时候都不离身的硕大戒指按在墙面上。

这是要干什么？就在众人屏息凝神地注视着她时，墙壁似乎凹下去一块，那枚戒指轻轻嵌了进去。面对这奇异的场景，众人的疑惑达到最高点。但下一秒，更令人惊讶的事情发生了。墙壁内侧咔哧作响，一块圆形的壁纸冷不丁地剥落下来。

不，并不是剥落了，而是老旧的壁纸下出现了一个被精心隐藏的秘密窗口，墙纸就这样向外轻轻掀开。

"那是……"面对众人小声的疑问，艾尔巴特将手指抵在唇边"嘘"了一声。

好了，接下来才是最刺激最有趣的地方。从他满脸的笑容里明显能看出他此刻的想法。

欧帕尔曾叔祖母慢慢将手伸进墙上突然出现的洞中。

此时众人终于明白发生了什么。她打开了隐藏在这老旧壁纸下的金库，或类似的机关。这是曾叔祖母已经遗忘了几十年的秘密空间。

如果能想到那枚戒指就是打开这里的钥匙,那又是什么唤醒了她沉睡的记忆呢?众人心中隐约有了答案。

"您终于想起来了啊,曾叔祖母,不,欧帕尔太太。"在一片寂静中,艾尔巴特的声音格外响亮,他接着说,"来,给我们看看这里面是什么。"

他洋洋得意地说完,欧帕尔·科特兰德缓缓回过头,手中紧握着一个闪烁着暗淡光芒的金属物品。

"啊!"

艾尔巴特的笑容瞬间冻结,他的脸逐渐变得苍白扭曲,抽动的嘴里发出野兽般的悲鸣声。然而他的声音很快被一阵震耳欲聋的爆破声打断。

一切都发生在一瞬之间。下一刻,艾尔巴特的胸前沁出一片殷红,眼见着从花蕾变成了一大朵花。仿佛是想抵抗这突如其来的悲惨命运一般,艾尔巴特按住不断涌出鲜血的伤口,拼命想要站稳,最终还是无力地倒在地毯上。他敞开的西装内袋里,似乎还能看见一个信封一样的白色物件。

一个东西滑过他身边的地板,那是刚刚欧帕尔曾叔祖母从金库里拿出的东西——一把手枪。

"欧帕尔太太!"

"曾叔祖母!"

众人仿佛从噩梦中惊醒一般,疯狂地大喊道。但此时,大家的曾叔祖母——欧帕尔太太顺着墙壁滑坐在地上，像是入睡一般离开了人世……

4

已故的艾尔巴特持有的书信中是这么写的：

关于您委托我们调查的事，我们已查明，情况如下：首先我们就您发来的欧帕尔曾叔祖母的照片复印件进行了推测，尽管您认为它可能是法语中的长音符、葡萄牙语中的重读长音，或是其他欧洲的语言，但我们却有如下完全不同的解释。我们认为这是日语罗马字中的长音符号^，在日语中例如Toyo和To-yo-，在长短音不同时其意思完全不同，因此长音标记是极为重要的。由于欧美的语言中很少有表示长音的符号，尤其例如英语，是完全没有这种符号的，因此我们也进行了多次尝试。

现在日本的首都东京写作Tokyo，这里没有使用表示长音的符号。但显然，严格来讲这种写法并不妥当。像拉脱维亚语和立陶宛语会在元音a、e、i、o、u上添加长音符号（被称为Macron），因此一般会将其与詹姆斯·柯蒂斯·赫本博士设计出的平文式罗马字组合起来使用。

但1937年，官方从平文式罗马字中删除了以英文发音为基础制定的shi（シ）、chi（チ）、fu（フ），并制定了训令式罗马字，将这些分别改成si、ti、hu。因本身具有强制性，因此这种写法也被使用在国际航线的船舶上，结果闹出了将知名船舶秩父号（Chichibu-Maru）改成在俚语中带有艳情意味的Titibu-Maru[1]这等贻笑大方之事。当时官方将英语中的山形符号定为了长音符号，此后东京就被要求写作Tôkyô。尽管训令式罗马字几经变化，也沿用到了二战之后，但现在也渐渐无人使用了。

假设您委托我们调查和获取的乐谱是日本的曲谱，那么在演奏时会让您国家的听众感到奇妙，想必也是因为使用了特殊的音阶。此外还要追加说明的是，您的亲戚所记下的'哒哒哒哒、哒哒哒、哒哒哒哒哒'的节奏，也和日本诗歌中最常用的五七调是一致的。基于这些前提，我利用自己的专业知识将搜索范围缩小，终于幸运地找到了目标琴谱，那就是今天和报告书一起带来的这本乐谱。请参考本报告并进行确认……"

*

在秘密金库里与小型手枪一起沉睡着的，是几十封书信、一本写满了神秘文字和数字的手账，以及一本乐谱。那本乐谱和这次艾尔巴特在查令十字街苦寻不得，只能委托那封信的笔者才最终拿到的乐谱完全相同。经过一番苦思冥想，大家终于艰难地弄清了过去发生的那

1　"Titi"在英文的俚语有"乳房、乳头"的意思。——译者注

件事。

1940年，尽管欧洲已经战火弥漫，但太平洋还未开战，此刻正是战争一触即发之际。因为父亲长期不在家，一直孤独地生活在贝克汉姆宅邸里的欧帕尔·科特兰德与一位青年坠入了爱河，但这在当时是不被理解，甚至是不幸的事情。

她的对象是一位有色人种青年，而且还是当时和英美激烈对抗的日本人。对于尽管家道中落但依旧属于中产阶级的她而言，那是绝不能交往的对象。即使世人的看法多少已经有些改变，但她顽固的父亲不可能会接受这种关系。

对于即将度过适婚年龄的欧帕尔而言，那位日本青年可谓是最后的希望了。欧帕尔身上迸发出激烈到以她过往的人生几乎难以想象的热情，屡屡与青年幽会。不过，对于极少出门的她，以及在英国人中非常显眼的他而言，能幽会的地方极为有限，于是他们大胆地选择在欧帕尔家中相见。

欧帕尔盯准她父亲科特兰德先生外出的时间，用弹钢琴这种为数不多的爱好向爱人发出信号，引他来家中。她会故意打开平时紧锁的窗户，向偷偷躲在外面的他发出信号。而且为了不与其他人家中可能传出的钢琴声弄混，她用了青年偶然带来的日本乐谱。

明明不是法语，标题里却带着奇妙的山形符号，那本乐谱正是将她引入未知世界的通行证，同时也将她卷入了恐怖的事态之中。

她的那位日本恋人——说白了是一位间谍，在开战前偷偷潜入英国，负责将获得的机密情报秘密送回日本。不仅如此，他似乎还参与了什么破坏工作，而这件事在二人之间是绝不能触碰的禁区。

就这样，二人持续私会着，直到有一天，事情以能想象的最坏情况暴露了出来。

一个暗中怀疑着欧帕尔的恋人，并持续追踪其谍报活动的男人在某天晚上造访了她家。那个男人责问并恫吓惊恐的她，说自己知晓他们之间发生的一切，包括她用日本乐谱作为联络手段一事。然后，那个男人在她面前弹起了钢琴，希望引来并逮捕那可恨的日本间谍。

伤心的欧帕尔自然陷入了惊恐状态，拼命想阻止他的演奏，但却无济于事。走投无路的她最终采取了某种行动。

她打开了早亡的母亲背着父亲偷偷设计，并唯独只告诉了爱女其位置的金库，她的日本恋人先前将一把小型手枪和一些书信交给她用以防身，而她一直将其放在金库中。

欧帕尔骗过了那个男人，趁其不备射杀了他。紧接着她的恋人造访了她家，两人一起冥思苦想该如何处理。最终他们将那个男人埋在了宅邸后面。她的恋人留下一句"我会看情况，尽量早来见你"后，便销声匿迹了。

此后，她的日本恋人再也没有出现过。尽管真相对她而言太过残忍，但这也许就是那人的本意。欧帕尔也日日胆战心惊地生活着。如果被杀害的男人是警察或谍报组织的一员，想必他的同僚一定会怀疑他的失踪而登门造访。但不知为何，并没有人造访她位于贝克汉姆的家，告发她是日本间谍的共犯。说不定那人并非公共机关的人员，而是私人的间谍捕手。

悲惨的战火在全世界燃烧着。在付出了巨大的牺牲后，德国日本相继迎来了投降之日。其间失去了父亲，最终沦为孤身一人的欧帕尔也一直等待着恋人。她偶尔从金库里取出乐谱，边弹边回忆恋人的面容，直到她即将迎来百岁，人生中的一切都将随着朦胧的薄雾消散之际，她听到了记忆中的那首曲子。但当听到时，她脑海中被唤起的并非是与恋人相处的甜蜜时光，而是一切迎来破灭的恐怖之夜，结果发生了什么也就不必赘述了。

就这样，我的曾叔祖母——欧帕尔·科特兰德漫长的悲剧终于落幕。唯一令人不解的是，将乐谱拿给不幸的艾尔巴特的人究竟是什么人？那个人一定没有出现在聚会上，除了作为委托人的艾尔巴特，也没人见到疑似的人。

如果是那时在宅邸附近擦肩而过的那个人影——我强烈地这样觉得——为何当时没有好好看看他呢，我顿时感到追悔莫及。

没错，就是那个自称专门寻找乐谱，似从远方而来的那个男人……

萨尔茨堡的自动风琴

1

我在海尔布伦宫观赏完戏水园,乘坐巴士返回萨尔茨堡时,突然感觉时间停止了。

天空十分晴朗,明亮的日光照射着街道,周围却不见一个人影。我猛然回头,刚刚一起乘坐公交系统25路的观光客们也不见了踪影,他们是直接去了中央站吗?说不定是分散在了别的地方。

车站附近还沉浸在都市的喧嚣中,但来到街道上后,一切都变得不一样了。这么说可能有些过时,我仿佛经历了一场始料未及的时间旅行。我吃惊地望向四周,发现街上只有我一个人。明明刚刚和一群人一起观赏时,恶作剧喷泉和大机械剧场的舞台还那么活泼灵动,此刻却全都冻结了。

萨尔茨堡的旧城区位于萨尔察赫河左岸,可以从蒙西斯山上的萨尔茨堡要塞俯瞰全貌。山上建有萨尔茨堡大教堂和圣彼得修道院教堂,一眼望去,中世纪的风景尽收眼底。

白色的墙壁、黝黑的屋顶、绿色的屋顶,无论是住户的装饰,还是面向街道伸出的店铺招牌都古色古香,显得干净而美丽,似乎不像是特意做出来的。此外，这里格外寂静。无论是被萨尔茨堡大教堂和两座宫殿夹在其中的人民广场，还是一到夏天就会举行盛大音乐节的庆典大剧场，都安静到令人难以置信。

这里人烟稀少，很难想象拥有十五万人口的一州首府竟然如此寂寥。此刻天还这么亮，完全可以说还是大白天……

咦，有人。街角一家时尚的餐厅门前出现了一位身穿围裙的店员，不过，他只是抱起放在店外的椅子和招牌，就匆忙回到了店里。还没来得及问他，店门就关上了，门口无情地留着"Geschlossen"——也就是"关店"的门牌。此外，我想去参观的粮食大街的店铺，以及莫扎特出生时所在的旧居也都闭门谢客了。

我惊讶地看了看表，此时已经接近晚上七点了。这时我才意识到，原来马上就要到夏至了。萨尔茨堡今天的日出时间是早上四点零四分，而日落时间竟然要到晚上八点十六分。一直到晚上九点，天上都泛着微微的亮光。

难怪天还这么亮，似乎时间在我游览那喜欢恶作剧的马库斯·西蒂库斯大主教的夏宫时悄悄流逝了。因为第一次乘坐城际特快列车，我到的时候还很早，所以我直接在中央车站乘坐巴士，前往了海尔布伦宫。不过话说回来，尽管已经习惯了这个国家的生活，但我毕竟是从没有所谓的"闭店法令"的地方远道而来，本以为即使日落后也会有店铺开着。

不过，这些也不打紧。即使白昼长得就像时间停止了一样，但时钟的指针还是毫不留情地转动着，和人约好的时间也一刻刻逼近。我从口袋里拿出地图看了看，加快脚步往回走。突然造访此处，我不太清楚自己究竟在哪里。我时而用手挡住额头，眺望居民区后面的塔尖寻找着钟琴，时而凝神阅读街角铭牌上的文字，想要找出前往目的地的近路。

不过无论我怎么走，眼前都是空无一人、店门紧闭的街道。似乎是太过深入了，原本还能影影绰绰看见的人影，此刻也不见踪影。无论怎么走都只能看见白色的街景，说不定我会这样永远迷失在这迷宫之中，再也无法到达目的地。

正当我开始感到不安和害怕时，视线突然开阔起来。前方出现了一家咖啡店，店铺是古色古香的石制房屋，门前早早亮起的灯光宛如希望之光，吸引了我的目光。店旁挂着的招牌上，印着既像是漩涡，又像是漏斗的奇妙图案，上面刻着浮雕文字"CAFE SPIRALE"（螺旋咖啡店）。

毫无疑问，这就是我今天和人约好见面的地方。终于可以见到我期待已久的东西了——其实不然，重要的不是东西，而是见到那个人。

2

螺旋咖啡店已有好几个世纪的历史了，店内穹隆状的天井让整栋建筑看起来十分厚重。多亏了从窗户投射进来的阳光,店铺整体并不让人觉得阴暗。

不过,无论是这种亮光也好,还是按时抵达约定地点的安心也好,都未能消除我内心莫名的不安。

因为这里也和外面的街道与广场一样,几乎见不到什么人影,仿佛也是时间停滞的迷宫的一部分一般。

不……并非如此,已经有客人了。我环顾四周,发现角落的座位上有个男人,而且在我注意到他的同时,他也笑着站起来,甚至还对我轻轻招了招手。"难道是那个人……这样的话,终于可以拿到那个了。"我不禁喃喃道。

其实我和今天要见面的人只通过书信和电话联系过,我也不确定是否真的可以见到他。不过在指定的时间、指定的地点,而且店里也没有其他客人,这样看来,这确实是我要见的人了。我放下心来,朝那个座位走去。

走过去时,我有点着急,因为店铺的正中间摆着一架三角钢琴,必须得绕过它。

"哎呀,我正在等您,先这边请。"

这般殷勤地对我说话的,是一位身形消瘦、银发梳得整整齐齐的老绅士。他体型纤细,举止温和。但我走近时却看见他那翡翠般的眸子里闪着莫名的光芒。更奇异的是这位老绅士的打扮,无论是黑色的上衣外套、带着衣褶的衬衫,还是那形状奇特的领结,都过时到仿佛变装一般。若是有什么节庆活动，这副装扮倒并不稀奇。但这条街上并无节日气氛，说不定是为了今天要经手的货品，他特意进行了装扮。我开始有些怀疑，这真的就是我要找的那个人吗？

"您好，我叫——，请问您是？"

面对我小心翼翼的提问，不知是否察觉到了我的想法，那位老绅士微微笑了笑说："是关于阿尔弗雷多·克里斯特梅尔的事对吧？"

老绅士短促而准确地说出了我预期中的那个名字。"对、对！"我条件反射地回答。老绅士用力点点头，心领神会地说："从你走进这家店我就知道了，请这边坐……总之先喝点什么吧，要不来点茨威格葡萄酒？"

刚一坐下就听到对方连珠炮似的提问，我连忙回答道："我喝咖啡就行。"老绅士露出扫兴的表情说："什么，咖啡？那我来点个驭手咖啡，你……不如为了表示对伟大女王陛下的敬意，点个玛丽亚·特蕾莎咖啡如何？里面加了橘子酒，还在满满的奶油上还撒了橘皮糖……"

"不，这种还是算了。"我郑重地拒绝了这种听上去就很甜腻的饮品，看了看菜单，随意说，"我点个凯撒混合咖啡吧，据说和弗兰茨·约瑟夫皇帝有关，里面加了鸡蛋和糖……"

"啊，是吗？看来你和我这种老派的家伙不同，喜欢尝试新事物。喂，服务生！"老绅士叫来了服务生，点了刚刚说的两种咖啡，还自作主张地点了两份萨尔兹堡蛋奶酥。面对疑惑的我，他略有些强买强卖地推荐道："正如其名,这可是本地的名产,也是本店的招牌甜点,好啦,你就试试看吧。"我并不讨厌甜点,于是便接受了他的推荐。

我们点的咖啡终于送来了。我的咖啡是装在普通陶瓷杯里的,而他的却是装在一个玻璃杯里的,装得满满当当。对喝法解释了一番后,"那么……"老绅士用那双翠绿的眼睛看着我说,"你想要阿尔弗雷多·克里斯特梅尔的乐谱,不过你要找的人可真稀奇啊,他在你的国家很有名吗?"

"不,并没有……应该说,其实没什么人知道他,我来欧洲前也不知道他。"

面对我的这番回答,老绅士略带失望地说:"是吗?"不过他马上又振作起来说,"不过至少现在你知道他了,方便的话能不能告诉我,你和克里斯特梅尔这位早已被人遗忘的作曲家之间的关系,或者说你寻找他被人遗忘的乐曲的原因是什么?"

"我知道了。"我开始将偶然遇见这位十八世纪的奥地利作曲家,并对他产生兴趣的契机如实地说了出来。

那是很早以前,我还在音乐学院学习时,趁着假期去各地旅行途中发生的事。我曾去过一个像是老旧民宅改成的地方资料馆,当我正在空荡荡的馆内看那些不起眼的展览品时,楼上传来了像管风琴一样但让人莫名的音色。

那是什么呢？我沿着嘎吱作响的楼梯拾级而上，到了比一楼更乏味的展览室，传出那奇异音色的，是放在房间一角，带着时钟装置的自动风琴，其原理类似于音乐盒，会按照已经预先刻好的音符吹响簧管。

说到这个，海顿有几首《时钟交响曲》，而莫扎特也曾受约瑟夫·戴姆·冯·施特雷茨伯爵所托，创作出了《机械管风琴幻想曲》等作品。其中尤其是莫扎特的乐曲里还有"时钟中的管风琴装置""小管风琴中的风管"等奇妙的名称，导致我很长时间都不太理解，不过现在我知道了原来是这样的乐器。

这些先姑且不谈，从自动风琴中流淌出的明明是欢快的旋律，但在这空荡荡的馆内听起来反而有些空灵。我本想问问这是谁的曲子，但馆内也没有工作人员可以询问。最后，我终于勉强从管风琴上雕刻的铭文得知，这是在萨尔兹堡的钟表工坊里制造的，作曲家名为阿尔弗雷多·克里斯特梅尔。正当此时，演奏结束了。

我环顾重归寂静的室内，发现一个不知是否是展品的木箱，在空荡荡的架子上还找到了几本像是乐谱的小册子。一提到乐谱，我立刻来了兴致。破破烂烂的封面上印着作曲家的名字，果然就是阿尔弗雷多·克里斯特梅尔。

不知这些乐谱是否可以随意翻看，我看了看其他展品和同样丢在木箱里的杂志，发现这栋建筑原封不动地继承了前任屋主的私人物品。

想必克里斯特梅尔是当时名噪一时的流行作曲家，所以才能在这里搭起自动风琴，还能在这样的古民宅里留下乐谱吧。还好周围没人，我拿起其中一本快散架的乐谱看了起来。

一瞬间，古老的音符开始了它的讲述。我惊讶地细细看了起来，并完全被这乐谱中的音乐吸引了。这么说可能有些奇怪，但这乐曲着实令人着迷，它轻快而甜美，不知不觉就令人嘴角带笑。想必在音乐还离众人似远似近，深深扎根于一小部分人的心中之时，他的乐曲一定受到了当时人们的喜爱，但最终未能经得起时间的风化。我能清晰地感受到它有多么脆弱。

我边想着，边拿起了下一册。正当我还没来得及看完一小节时，听到远处传来了脚步声，似乎有人来了。我匆忙将乐谱放回原处，寻思着如果来人是这里的讲解员或主人的话，我一定要问问关于这位名叫阿尔弗雷多·克里斯特梅尔的作曲家的事。不过，与我的想法相反，出现的只是这里的保洁人员。当我若无其事地继续参观，想找机会再看看那乐谱时，保洁人员无情地告知我要闭馆了。

之后，我结束休假，回到了音乐学院。趁着学习空闲时，我调查了关于克里斯特梅尔的事，令人惊讶的是，找不到任何线索。无论怎么翻看书籍，都没找到这个名字，即使问教授们，也无一人知晓。

不，这也不是什么令人惊讶的事。仅仅只说古典乐，每天就有无数演奏，只要细心留意，每天都能发现新的作者和新的乐曲。这毕竟只是很小一部分，我自己开演奏会时，也会关注那些小众的乐曲，希望能够发掘出被埋没的曲子，不过这也是有极限的。毕竟即使想要发掘出已经完全湮没在时光中的乐曲，往往也难有线索，而这些乐曲的数量才是庞大而具有压倒性的。无论多么优秀的作品，一百首中有九十九首会被忘却，仿佛一开始就不存在一般，那些未能留存下来的乐曲，其命运是悲惨的。

不光是音乐，莎士比亚的时代里并不只有莎士比亚，而狄更斯的时代里想必有无数狄更斯，他们与时代和自身命运抗争，耗尽心血写下了无数篇章。如果是批评他们的作品不如莎士比亚或狄更斯倒也罢了，但要是被当成一开始就从未存在过，这该是多么令人屈辱和无奈啊，哪怕是生前名利双收的人都只能如此，而那些深受无名和怀才不遇之苦，将希望寄托在未来的人，心中的悔恨想必永远得不到纾解。

后世之人只是看到了极少数免遭此命运的作品，就认为那已是当时的一切，而那些被当作不存在的人，他们的艰苦奋斗以及从作品里释放出的光芒，最终无人知晓。至于音乐与我赖以营生的演奏，更是刚一诞生便消散在空气中。哪怕是一生仅此一次的精彩演出，演奏的是形神兼备的美妙乐曲，如果当时没有知晓其价值的听众，也就如同从一开始就不存在一样。

勉强能与这种命运相抗衡的就是乐谱了，尤其是在没有录音技术的当时，除了乐谱以外，没有任何其他手段可以将乐曲留下。而通过乐谱让消失的音乐重现于世，让被遗忘的才能重新被世人所知的，不正是我们演奏家们吗？所以我一直在找乐谱，哪怕音乐作品和创作者已经神形俱灭，只要有乐谱就还有办法。出于这种想法，我一边四处演出，一边努力寻找和收集被埋没的乐曲，至于寻找的中心自不必说，正是那日邂逅的阿尔弗雷多·克里斯特梅尔。

之后，我再次造访了让我邂逅他的乐曲的那间地方资料馆，简单而草率地将剩下的乐曲复写了一份。尤其是自动风琴中的旋律，我请工作人员将乐谱复写下来。之后没过多久就听说那间资料馆被关闭并拆除了，当时真的令我吓出一身冷汗，心里连道好险好险。据说是因为随着房屋老化，那台有时钟装置的自动风琴也无法再动起来了，所以才决意拆除的。一想到再也无法听到那音色了，遗憾之感油然而生。

万幸的是有关他的线索并未湮灭于时光之中，我时不时会想起寻找关于克里斯特梅尔的线索。经历了几年的寻找后，我终于成功找到了他的乐曲。

不过找到的只有很少一部分，而且全是小奏鸣曲、器乐小品、小咏叹调、小步舞曲等轻快而可爱的乐曲，恐怕正是因此才会深受时人的喜爱，也是因此才会迅速被遗忘吧。那是何等令人爱怜的音乐啊，说轻快可能有些奇怪，但正是这种小品般的乐曲，才更会令人想要听下去，我想其他人恐怕也有同样的想法，所以我在自己的演奏会上演奏这些乐曲，并整理汇集成了私家CD。不过，反响并不强烈，这种结果倒也无可奈何。

我还是继续关注着他，并想方设法地去寻找。后来，我得知克里斯特梅尔有一部名为"*Wendeltreppe*"的大作，而且这也是他的遗作。Wendeltreppe，也就是螺旋楼梯的意思——这曲名多么意味深长。此后，我再也没有过关于他的消息了。我自然开始寻找这部甚至不知是否现存于世的作品，不过我没有任何线索，此外我并未全身心投注在他一人身上，毕竟我忙于演奏比克里斯特梅尔更有名，更受听众喜爱的作曲家的作品——即便如此还被周围人提出"应该演奏更加知名的作曲家的更耳熟能详的作品"这种无意义的忠言和建议，等回过神来，我惊讶地发现，竟然已经过去了好几年了。

在我闲散度日的某一天，一位音乐家友人告诉了我这样一个人物。这位友人惊讶于我是如此闲不住，同情我以往的种种徒劳，在就"即使梦想成真也并无多大利益"这一点上教育了我一番之后，向我说起了这样一件事。

"据说有个人从事音乐工作，而且是专门找乐谱的，你要不问问他试试？"朋友说得语焉不详，毕竟他自己也并不直接认识那个专门找乐谱的人。在经过朋友的几番介绍后，我终于向那个男人发了工作委托邮件。

对方很快发来了回信，接着没过多久，正巧是我在维也纳时，那个男人发来了邮件，告知我已经完成了委托。因此，我从维也纳西站乘坐列车，花了两小时二十分，来到了萨尔兹堡，并在指定的时间和地点，遇见了那位老绅士。

3

"……就是这么回事。"我收住话头,老绅士用力点了点头。

餐桌上,将加有橘子酒的蛋白酥皮打发起泡,盖上厚厚的卡仕达奶油,放在巨大的托盘里烤制而成的酥软萨尔兹堡蛋奶酥格外显眼。老绅士三两下将其切开,风卷残云地吃了起来。

这种甜点就要吃现烤出来的。我小心翼翼地把撒满了糖霜的奶酥山切开,这时老绅士突然停下了动作,问道:"所以你对《螺旋楼梯》这部作品感兴趣,是因为那是阿尔弗雷多·克里斯特梅尔的遗作吗?那个作曲家对你这个异国之人而言,难道有什么重大的意义吗?"

甜点实在太甜,后悔没选苦一点的咖啡。不过,老绅士的问题倒是格外辛辣。

"这个嘛……毕竟是他的遗作,这也是原因之一。正如您所说,可能有特殊的意义吧。我虽然不清楚他的人生经历,但对他这个人比较感兴趣。不,应该说从他身上找到了共鸣,让我没办法置身事外。"

"哦,这怎么说?"老绅士再次拿起了刀叉,抬眼看着我。我有些害怕他那凛冽的目光,继续说道,"在我的国家,如果对并不熟悉音乐的人说,莫扎特和贝多芬年龄其实只差十四岁,他们一定会非常震惊。"

"哦,竟然有人会对这种众所周知的事实感到震惊,这反倒令人惊讶。"

"是啊,为什么大家会对这种明确的史实感到惊讶呢?正如我们从戏剧《阿玛迪斯》中所知道的那样,莫扎特作为约瑟夫二世宫廷剧中的一员,戴着奇怪的假发,身着艳丽的绣花长袍。至于贝多芬,即使从留下来的肖像画来看,他也更像是现代人。那是因为从十八世纪末到十九世纪初,社会和音乐家都发生了巨大变化……"

"我知道,从为王侯贵族服务,经常被要求身着正装的宫廷作曲家,转变为以接受新兴市民阶层的委托维生,无需再注意着装的独立作曲家。"老绅士插话道。

他说的没错,莫扎特遵从父亲列奥波尔得的意愿,自幼被送入宫廷,中途才开始转型为独立作曲家。而贝多芬从一开始就没有打算走他师傅海顿的老路,要知道,他师傅可是长年担任艾斯特哈奇宫廷的乐长。

"没错,"我点点头说,"而音乐本身也在经历着巨变,钢琴作为当时最流行的乐器,还在不断地发展,琴键数量也远少于现在的八十八键。"

"对,没错。"老绅士露出一副深得我心的表情,随后像是被什么附体了似的,开口说道,"一七〇〇年前后意大利人巴托罗密欧·克里斯多佛利发明了一种名为Arpicembalo的乐器,有五十四个琴键,音域只能从C2到F6。在莫扎特的时代,由约翰·安德烈亚斯·斯坦因制作的复古钢琴已经增加到了六十一个琴键。十九世纪,终于到了贝多芬的时代。他最早使用的是法国的塞巴斯蒂安·艾哈德制作的六十八键钢琴,然后是英国的约翰·布洛德伍德制作的七十三键钢琴,接下来是康拉德·格拉夫从维也纳的工坊里送出的七十八键钢琴,这对他而言是最后且拥有最大音域的作曲乐器……啊,失礼了,请继续。"

"正如您刚刚所说的,"我对老绅士如数家珍的话语暗自赞叹不已,"阿尔弗雷多·克里斯特梅尔正是诞生于这段动荡时期的音乐家。年轻时不敢想的事如今却逐渐成为现实,那生活在当时的音乐家们会是怎样的心情呢?自己拼命学习,赌上一生所积累的经验,瞬间就过时,并化为无用之物,那时的他们会是什么心情……"

"是啊,反正绝不是什么愉快的事吧。"老绅士突然打断了我的话,他的唐突以及说这话时的语气,让我不由得看向他。不过老绅士已恢复了和刚才一样的温和表情,用无比温柔的语调接着说,"原来如此,你的想法我已经非常清楚了。那关于你想要找的《螺旋楼梯》,我说说我所知道的吧。关于创作出这首曲子的男人的一生……还是说你只是希望我尽快先把乐谱给你?"

"不,当然不是。"我连忙摇头。这绝不是什么客套话,或是因为害怕引得老绅士不满。我接着说道,"如果您知道什么关于他的事情,请告诉我吧。"

面对我发自内心的话语,老绅士满意地点了点头说:"是吗,那太好了。啊,在此之前,服务生!"

他让服务生重新倒了一杯咖啡,然后开始讲述起了这样一段往事……

*

阿尔弗雷多·克里斯特梅尔说到底不过是个二流音乐家。虽然仗着有几分才气,说起话来很不客气,但不过只是个一直被孤独和自卑折磨的年轻人罢了。在音乐学院以斐然的成绩毕业后,他曾对周围的人放言说要成为宫廷作曲家,甚至是宫廷乐队乐长,但他知道自己其实并没有这般才能和人望,同时也注意到时代早已不同。

不过,他也没有闯荡维也纳乐团的自信,最多只能在萨尔兹堡写写小曲,赚点小钱。即便如此,他还是有两个愿望,一是完成在深夜里独自一人偷偷写下的"毕生大作";另一个则是他有一位暗恋的少女。少女名为艾丽卡,是在粮食大街经营钟表店的店主的独生女。她身形消瘦,总是面带忧郁,但偶尔笑起来时却格外明亮。阿尔弗雷多深深被她吸引,写下了很多恋歌,但却无奈于无法让她听到。

阿尔弗雷多实在是太想见到她,所以总是拿着父母的遗物——一块怀表去钟表店。因此,唯有这块怀表未被典当。因为频繁清洁、调整,怀表的齿轮总是光洁如新,走得比萨尔兹堡的任何一块表都要准——当然事实如何就不得而知了。

艾丽卡的父亲是一位典型的老工匠，虽然技术高超但十分固执，时不时与客人发生争吵，甚至还经常接一些不划算的生意。尽管手艺精细超群，他的工坊还是经常捉襟见肘。他的妻子，也就是艾丽卡的母亲，早早就过世了。照顾父亲，甚至操劳店里事务的重任自然就落在了艾丽卡的身上。

某一天，去艾丽卡父亲店里的阿尔弗雷多恰巧碰见了一位身为贵族少爷的顾客，不知为何，两人极为意气相投。阿尔弗雷多带着贵族少爷去了好几家对少爷而言极其稀奇，他自己却时常光顾的平民酒吧和饭店。吃着好不容易吃到的免费饭菜，他大大吹嘘着自己的音乐才能。这样做自然是希望对方能够成为他的支持者，而这也和刚刚提到的两个愿望相关。一方面，阿尔弗雷多希望过上富足的生活，以支持他完成"毕生大作"，并在完成后妄图找到一处音乐大厅，聘请乐师，华丽地完成演奏。另一方面，这关乎他深爱的艾丽卡。他希望凭借贵族少爷的名号和鼓鼓的钱包，作为独一无二的新晋音乐家闻名于世，最后等自己也变得有钱了，就去城里最好的裁缝店做一身金光闪闪的华服，风光地请艾丽卡的父亲将女儿嫁给他。

毕竟少女的父亲是个顽固的人，非常固执己见，所以他很讨厌阿尔弗雷多这种游手好闲，没做过一天正经工作，仅靠卖卖小曲过活的家伙。这种印象并不会因为他经常拿着便宜而毫无损坏迹象的怀表来店里修理、调整，就对他有所改观。对阿尔弗雷多这种态度倒也罢了，但对艾丽卡而言，他也绝非一个宽容的父亲。关于经营方面的问题，他完全不听女儿的建议。即使希望有个真正的手艺人来继承钟表店，但面对拥有才能的艾丽卡，他却以她是女儿身的原因，绝不让她碰工具。

就这样，生意越发入不敷出，最终只得举债度日。但这一切阿尔弗雷多却毫不知晓。要是艾丽卡信任他，即使不与他商量，至少也会向他抱怨几句吧……

对此一无所知的阿尔弗雷多，抱着殷切的妄念，与贵族少爷的交往日渐深入。不知是否因为这个原因，有一天他收到了一份工作委托。

"阿尔弗雷多·克里斯特梅尔，为了让家中宾客感到开心，请务必为我写一首您的大作。"

听闻此事的阿尔弗雷多喜出望外，想着或许能在豪宅的盛宴上指挥乐队。他将"毕生大作"丢在桌角，开始着手创作顾客委托的乐曲。

没过多久他将写好的乐曲献上，贵族少爷非常满意。最终他带着满满一口袋的赏金，在离开了裁缝店后就直奔粮食大街的钟表店。但不知为何，那里不见招牌女店员艾丽卡的身影。他问少女的父亲，果不其然对方露骨地表现出了嫌弃，在他执意询问少女的下落后，对方终于怒了。

"滚出去！艾丽卡已经不在这里了，你来也没用，我也不想再修你那块破怀表了！"

阿尔弗雷多被狠狠训斥了一番后，被赶出了店里。起初他并不知道发生了什么,但没过多久便知晓了一切。艾丽卡作为女佣,被贵族少爷纳为爱妾,光是这样已经够令他难受了,但事实却更令他震惊。

贵族少爷纳艾丽卡为妾时,向她父亲支付了一大笔钱。不仅如此,作为对她父亲的谢礼,贵族少爷还花了一大笔钱,向她父亲特别定制了一架自动风琴。更令人震惊的是,那架内置装置的自动风琴演奏的,正是阿尔弗雷多·克里斯特梅尔所作的乐曲。没错,正是他的颇为得意,并准备用其赏金向艾丽卡求婚的大作。

得知这般讽刺的事实,阿尔弗雷多自然绝望到近乎疯狂。他想见到艾丽卡,确认她的心意——即使事实与他的期待截然相反。最终,他被宅邸的人赶了出去。他想至少破坏掉那架自动风琴,结果差点被套上麻袋打个半死。

此时,阿尔弗雷多终于清醒过来,既然在萨尔兹堡待不下去了,他只得游历诸国,最后在某个都城的一角定居下来。在那里,他为了改变人生拼命学习,努力完成那曾经只是嘴上说说,且全无进展的"毕生大作"。最终,他完成了《螺旋楼梯》,作为伟大的艺术家名利双收,确立了自己的地位。如果是这样,那便是随处可见,但却是任何读者都希望看到的美好故事。遗憾的是,故事到这里只进行了一半。

下定决心,奋斗努力,最终完成了期待已久的作品——到这里确实没错,但最后的部分终究只是一场梦。阿尔弗雷多·克里斯特梅尔尽管得到了不错的评价,过上了还算体面的生活,但最终并未跻身顶尖作曲家之列，终其一生都只是个二流作曲家。

作为后话，那个叫艾丽卡的姑娘尽管过上了奢华的生活，但最终好像因为什么流行病而早早过世了。也有人猜测可能是当时贵族少爷的妻子给她投了毒。至于真相如何，也已经无从知晓了。

我要说的就这么多……咦，你怎么了，难道这样稀疏平常的故事里也有打动你心灵的地方吗？

4

若说到有没有什么打动了我，倒也不是没有。

首先是我在那间地方资料馆里看到的自动风琴，说不定和老绅士所讲的故事里的是同一架。若果真如此，让我邂逅了阿尔弗雷多·克里斯特梅尔的音乐的契机，那架古老的自动风琴，恰好给他的人生带来了巨大的转折。

如果真是这样，我对他，还有他的音乐就更感兴趣了，而他的遗作《螺旋楼梯》也有了更大的意义……不，并非如此，在此之前有个更令我动摇的疑问。

"请问……"我怯怯地问老绅士。

"什么事？"

"我来这里是为了等人的。"

"是啊，我也是。"老绅士笑眯眯地回答道。我下定决心追问道:"但我感觉我要等的人好像不是你。"

"你是为了阿尔弗雷多·克里斯特梅尔的乐谱才来这里的吧?"

"话虽如此……那你呢?"我咽了咽口水,问道。

"我当然也是为此而来,为什么你会觉得不是呢?"

老绅士的回答清晰无疑,我感到放心的同时,感觉思绪更加混乱了。"不,那……那差不多能给我看看克里斯特梅尔的《螺旋阶梯》的乐谱了吧?"

"这可不行。"老绅士非常轻描淡写地回答道。

"是吗?"我一不留神接话道,但马上就惊讶得往后仰去,"不行是什么意思!"

面对我惊慌的追问,老绅士平淡地说出了更令我惊讶的话:"毕竟和你一样,我也是在这里等着《螺旋阶梯》的乐谱被送过来啊。"

"这是怎么回事……"正当我准备继续追问时,老绅士的视线突然从我身上移开,"正说着呢,你看他不就来了吗。"

听到他的话,我回头看向他指着的方向。此时店门正好打开,一个人影站在三角钢琴的那头。但因为背对着明亮的光线,他的容貌和身形仿佛蒙上一层阴影,看不真切。

终于,那人来到我们桌前。他深深行了个礼,然后从手提包中拿出一个大信封。那人似乎说了什么,但我的视线完全被信封以及很快从信封里拿出的老旧纸张所吸引。话的内容我已经记不清了,但唯有他接下来的一句话,仿佛是从远处传来的钟声一般,震动着我的鼓膜。

"久等了，这便是阿尔弗雷多·克里斯特梅尔作曲的《螺旋楼梯》的亲笔乐谱……"

接下来的事就更像是被薄薄的雾气包裹一半模糊不清。不过，我能清晰地记得，手指碰到几乎残缺的五线纸，追逐那墨水已经褪成浅灰色的音符时，那令人战栗的震撼，以及心间满满的感动。

这……这便是那自动风琴里的……

没错，正是那日我所邂逅的克里斯特梅尔的乐曲。而且当时因为机械的限制，乐曲长度较短，而这次却是更长、主题变化更丰富的乐曲。

不过毫无疑问，更重要的是开头的文字。

"DIE WENDELTREPPE"

Erika gewidmet

文字的意思非常直白——献给艾丽卡。

我感到心中的种种思绪仿佛融为一体，开始如痴如醉地追逐起乐谱上的音符。那些音符乘着五线谱疾驰起来，就如同车窗外转瞬即逝的风景。旋律不断变换，瑰丽的色彩层层叠叠。可能有人说它很甜美，也有人会说它很媚俗，也许这就是这首曲子没能让作曲家跻身一流的原因吧。

在一页页翻动乐谱时,我的心中产生了新的感想。这些音符并不是在直线上飞奔,而是进行着圆环运动,而且毫无尽头。宛若一圈一圈盘旋向上的螺旋,所以才叫螺旋阶梯啊。

终于看到了最后一页,但此时曲意却突然停了下来。原本每一小节就上升一个八度的乐曲在这里突然停止,一直在同一个高度反复。螺旋运动停止上升,进入了封闭的圆环中,最终突兀地收尾。

乐谱的最后是作者用钢笔写下的已经有些晕开的文字,我看不清他写的是什么,但上面有几处胡乱地打着叉。不难看出,那些文字中包含着无尽的愤怒和悔恨。

"这难道……是未完成的作品吗?"我失望地喃喃自语。

尽管经常遭人误解,但我们演奏者是不可以改变原创乐谱的。对于过去的作曲家在种种限制中艰难写就的曲子,后世之人是绝不允许擅自修改的,更何况是对未完成的作品进行续写。恰在此时,老绅士的声音在耳边响起。他以略显沉痛的语气,低沉地说道:"没错,这是一部未完成的作品。为了抚慰少女艾丽卡不幸的灵魂,他希望将她送上天堂。而他自己也将在百年之后到达天堂,与少女重逢。为此,他写下了这通往天国的螺旋阶梯。不过,他的才能却并未能让乐曲最终到达顶点,应该说是时代限制了他,使这首曲子最终未能完成。"

"时代限制?难道是您刚才说的……"我听到他的话反问道。

老绅士点头道,"没错,正是钢琴的极限。在他的时代,钢琴的琴键数只有六十到七十键,所以最终他只能被迫放弃。当然,他也不可能为了让乐曲在当时的音域范围内能够演奏,而刻意改写乐谱或改变音阶。"

"怎么会这样……"我无言以对,但却能理解他。莫扎特、贝多芬等人与以往的作曲家不同,一直以来仅相信自己的感性,用五线谱记录下脑海中回响的旋律,而这些旋律偶尔会超脱当时乐器所能达到的音域,从而让他们内心无比纠结,并最终妥协。克里斯特梅尔即使不如他们,毕竟也是那个时代的人,他怀着对曾经深爱过的少女的思念,在心中创作出通往天国的螺旋阶梯。这一曲,他容不得一丝妥协。

"啊,但是……"我忽然想到了什么,开口问道,"当时可能还不知道,但现在的钢琴有八十八键,音域也可以从A0到C8。如果用所有琴键来演奏,说不定可以到得更高……"

"不行。"老绅士果断地打断了我的话,"如果这样可行,我就不用这么辛苦了。正因为当时的钢琴音域不够,所以此刻我才会在这里。"

我不由得怀疑起自己的耳朵,他刚才说了什么?难道,难道这位老绅士就是阿尔弗雷多·克里斯特梅尔本人吗?不,这不可能。

我脑中一片混乱,此时把乐谱拿到这里的男人突然指着咖啡店中间的三角钢琴道:"要不用那个弹奏试试看?"

"原来你知道啊,其实那架钢琴有点特殊,所以我才选了这里作为会面的地点……我已经和店里的人提前打过招呼了,来,请吧!"

等回过神来,我已经晃晃悠悠地站起来,走向那架钢琴,并打开了琴盖。下一秒,我因为映入眼帘的琴键而震惊不已。

第一个创作出八十八键钢琴的维也纳贝森朵夫公司有一款名为"帝王"的最高级的钢琴,其最大的特征就是在琴键最左侧有九根纯黑的琴键,以此扩大钢琴的低音域。一般的钢琴是以Ra开始,而这款钢琴是以Do开始的,其低音甚至远低于人类可听见的范围。当然这钢琴也是定制的,据说是因为巴赫在用管风琴编曲过程中,出现了用现代钢琴无论如何也无法表现出来的旋律。

我看着琴键的最右侧,也就是在高音部分。它的键盘仿佛是将羽管钢琴的黑白键互换了一般。如果是效仿"帝王钢琴[1]",那应该将琴键全变成白色,为的就是将其与旁边的白色琴键保持一致。

似乎是在不知名的年代,当地一位风雅之士命人制作出了这架钢琴,并最终被这家店买下。后来又听说是因为某位贵族的命令,或是某位钟表技师跨界炫技而制造出了它。我小心翼翼地触碰了其中一根琴键,随即传出了一声尖细到甚至连我自己都不确定是否听到了的乐声。

"对了,说不定用这个的话……"

不知是我还是身后的老绅士低低说道,毫无疑问我们都深深为之

---

[1] "帝王钢琴"是著名的奥地利钢琴厂商的珍贵遗产代表。其九个额外的低音音符将琴的音域向下延展至了C,总音乐达到了八个八度。——译者注

着迷。

我不由自主地坐到琴凳上。此时不知是谁将古老的乐谱放到琴台上，我没有回头，只是点了点头，慢慢深呼吸后开始演奏起来。

——我仿佛听见有人在寂静的角落里轻轻叹了口气。

我忠实地沿着刚刚脑海中回响的旋律，一口气沿着螺旋阶梯而上。不，并不是我拾级而上，而是从钢琴里飞出的螺旋阶梯本身不断盘旋着，升上天空。

终于即将来到最后的部分，在乐谱之上只能在同样的高度反复的旋律，一个八度沿着一个八度地前进，主旋律反复着，沿着螺旋阶梯上升，最终……

也许此时我脑海中浮现出那扇闪闪发光的门，便是天堂的大门吧。

从这奇妙的钢琴流淌出的乐声，最终是否能将二流作曲家克里斯特梅尔以及他深爱的少女艾丽卡引向天国，那便不得而知了。

*

等回过神来时，咖啡店里已经完全暗下来了。夏至前漫长的白天也最终迎来了终结。

我和将乐谱带给我的男人谈论报酬等事宜时，目光时不时地瞟向四周，但最终没见到那位老绅士的身影。

那个男人说在萨尔兹堡还有其他事,我告别他后还想问问他怎么看待那位老绅士,但已经没有机会了。

在开往维也纳的特快列车中,我轻轻拿出了那本乐谱,接着发现了一件奇妙的事。在乐谱最后一页上,被人用和乐谱一样褪色的墨水添加了一个指示。在那潦草的笔迹后面,出现了一个几乎快要飞出五线谱的向上的箭头。

这是什么时候,又是谁写上去的呢?既然有这样的指示,即使很难再碰上咖啡店里那样的钢琴,我也只能如实地演奏了。同时从乐谱间,轻飘飘地掉下一张纸,那是螺旋咖啡店的账单。尽管最终是我付的钱,但上面不知为何却写着"两位"。

那么当时不存在的人究竟是谁,是那位老绅士,还是后面拿来乐谱的男人?又或者其实不存在的人是我吗?

列车载着满脑子胡思乱想的我飞奔在奥地利西部铁路沿线的美景之中,而窗外的一切,也如同五线谱的音符一般飞驰而过。

城塞的亡灵

1

　　昏暗中浮现出了好几张脸。生气的脸、笑着的脸以及充满难以名状的悲伤的脸。在这里的不光只有人脸，还有仅存在于人们遥远追忆中的那些过往的生活片段，以及当时不可或缺，但现在难以一见的无数器具，它们全都被封存在冰冷的玻璃展柜里。

　　除了这些细碎的东西外，还有连一块木板、一根柱子都能感受到工匠手艺的房屋，以及张开白色风帆的船。当然，按照实物大小是不可能放进陈列架的，因此这些展品被缩小到实物大小的几十分之一。

　　这里是位于荷兰南部的古都莱顿。这座城市作为伦勃朗的出生地而闻名世界，自一五七五年莱顿大学建校以来，便一直是一座大学城，不仅拥有各种各样的研究机构，还有很多独具个性的博物馆。

　　从中央车站出来后映入眼帘的，是位于小山丘上的德·法尔克风车博物馆、因面临被水淹没的风险而将古代埃及石庙搬迁至此建成的古代博物馆、民族学博物馆，以及历史博物馆。而这处拉彭堡十九号——日本博物馆（西博尔德的故居）也坐落在那一带。这座紧邻运河的典雅宅邸曾是菲利普·弗朗兹·冯·西博尔德的故居。曾在极东

的岛国日本生活了五年的他并没有回到自己的祖国德国，而是来到这里，将全部时间投入收集和整理他那数量惊人的收藏品中，这里的一切都是他找准一切机会，收集到的动植物标本、生活用品、工艺品、装饰品，甚至还有书籍、绘画，以及向工匠特别定制的小型模型等。

目前在这里展出的，不过是他收藏品的一部分，但光是这些就已经足够丰富多彩了，甚至还能看到用他在日本养过的狗制成的剥制标本，而刚刚提到的人脸，则是正巧在这里展出的用于戏剧表演和祭祀的面具。

众所周知，在西博尔德带回的收藏品中，也包括导致当时顶级学者高桥景保被判处死罪的日本地图。联想到这一点，那些或悲伤、或痛苦的面具，仿佛在讲述此处整齐摆放的展品背后，那罪孽深重的一面。

突然，一张面孔咧嘴笑了起来。我这时才发现玻璃上映着一个大活人的面孔。没什么，只是来到这个展览室的参观者对我笑了而已。

"哎呀，这可真是……这么快就知道我在这里了吗？"我回头问他。新来的参观者点点头说，"是啊，不是有西博尔德大道和出岛大道嘛，我还以为是在那边呢，没想到原来在莱顿大学本校区附近啊。这附近还有植物园，这么说来……"

"是啊，在那里还种着西博尔德从日本带回来的植物，它们的子孙正好好地扎根于此，其中还有以他的日本爱妻阿泷命名的紫阳花……先不说这个，"回答了他的问题后，我下意识地压低声音问道,"那个东西,你真的弄到手了吗?"

"那是当然,"新来的男人重重地点了点头,然后也同样压低了声音道,"不过并不在这里,我放在了某个地方。"

"什么……"

面对失望而疑惑的我,男人笑着朝我招了招手,道:"总之在这里说不方便,我们换个地方吧。"

于是,我和这个人离开了昏暗的展览室,回到了明亮的空间里。

2

莱顿市大学的博物馆数量众多,书店自然也很多。当举办旧书集市时,连街上都堆满了书,让爱书人士顿感热血沸腾。那个男人带我来的,就是其中一家书店,而且这似乎还是一家古董店,书店名是荷兰语的"antiquariaat",按英语直译的话是"古董店"的意思,真是个奇怪的名字。这里似乎是一家古董店兼书店。

肯定有一些名声不如冯·西博尔德,没受到他那般优待,研究领域也没在日本那般知名的学者吧。这些学者的研究成果没有被收藏在大学图书馆和博物馆里,最终流向了这里。除了那些写着陌生地名的厚重书籍和地图外,这里还堆满了不知什么来头的古董,它们在书架和置物台上争夺着属于自己的地盘。

在查看这些物品的过程中,我大概知道这家店主要卖些什么了,

或者说知道这些堆积如山的物品的主人曾经都在研究哪个地区了。

荷属东印度——现在来看范围包括几乎整个印度尼西亚、苏门答腊岛、爪哇岛、南婆罗岛、西里伯斯、摩鹿加群岛和新几内亚西部。曾经,我们用另外一个名字来称呼这些地方,没错,那便是荷印。

对这种店而言实属常见,满脸皱纹的主人仿佛和商品融为一体,他一动不动地安坐在店铺深处。如果拍打他的衣服,甚至让人怀疑会落下灰尘来——当然这是不可能的。

那个男人将我留在这令人不禁联想到南方国度的空间里,与店主在一旁交谈。他接过一个大大的文件夹,递给了我。连同文件夹一起递给我的还有一张纸,上面除了印上去的"收据"二字,还有个手写的数字。

"这上面的金额是加了手续费的,算是我的报酬吧。"

听到这句话,我的内心顿时雀跃不已。

我的心愿终于实现了,我找了几十年的那本乐谱终于被找到了……我终于可以重新唤醒那段旋律了。

然而,现下我必须确认文件夹里的内容。听说这个男人极其擅长找东西,而且很值得信赖,所以我不厌其烦地联系了他数次。但即便如此,他从莱顿这个小小的书店里找出的沉睡的乐谱,未必和我想要找的那本一模一样。那是一本独一无二的乐谱,如果不亲眼确认其中内容是否完全一致的话,我是无法放心的。

然而,那个男人却抱紧这本我委托他寻找的乐谱不放。不光如此，他还说道："能告诉我这本乐谱……不，这里面记录的音乐究竟是什么，以及对你而言有什么意义吗？我听完之后再把它给你。当然根据情况，我可以不收你的报酬。"

"怎么能这样……你是接受并顺利完成了我的委托，但如果你要问我缘由或动机，那未免也太僭越了，你可没有过问的权利哦。"我抗议道，但对方却并不为我所动，继续说道，"我当然知道这样很僭越，一般而言我也不会问委托人这些。但唯独这次……"他用深不见底，甚至仿佛带着几分魔力的眼睛看着我，"有些特别。"

对于他的话，我不由自主地点点头。接着我们便离开了这间不知是飘着令人怀念的书香，还是霉味的书店，漫无目的地走起来。

运河无尽地向前延伸，这幅街景让人不禁想将其封在小小的铜版画里。低头看去，水面上倒映着河边的建筑，以及男人的身影。我开始讲述在遥远的过去，在与这里完全不同的世界里，我曾经历过的种种体验。

*

那是我作为一名士兵奔赴南方战线时发生的事。地点——如果说出具体的地名，可能会惹出一些麻烦，暂且说是在荷印的某个地方吧。

当时我和我的队友浑身沾满血和泥，苦于饥饿与热病。面对拥

有压倒性火力的美军，我们根本无从抵抗，只能像困兽一般被他们追赶。那些大人物脑子里似乎完全忘了所谓的补给和援军，别说与敌方交战，我们只能等待被其折磨致死。

仅仅是这样，便已经是人间地狱，而因为我们是皇军，所以总是被毫无意义地拳打脚踢，时刻记住自己就是要等死的。在这里不存在任何美学，也没必要去美化，我们唯一贯彻的铁血法则，便是生死自负。

即便如此，我还是有个秘密的乐趣。那便是假借侦察或调查之名，在部队驻地附近徘徊，观察并收集那些稀有的动植物，因为我从小的梦想就是成为昆虫学家或植物学家。我曾非常爱看平山修次郎先生的《千种昆虫原色图鉴》，还有加藤正世先生的《日本昆虫分类原色图鉴》，但毕竟我并非大富人家的孩子，不用说也知道我的家境并不能让我投身于这些悠闲的研究中，因此没过多久我便放弃了。

之后到了自称是文学青年的时期，我热衷于考古学和民族学，开始如痴如醉地看起浜田青陵博士的著作，甚至还看起了横山又次郎博士那些让人联想到太古的古生物学书籍，而且这时候因为比孩提时期更明事理，所以也知道了如何取舍。

我坚守自己的选择，想要走上专业的研究人员之路，最终没想到在国家层面的暴力之下，这条路也走不通了。还没拿到工作任命书，我就先拿到了那张熟悉的红纸——征兵令。

一旦收到征兵令，无论怎样恐惧或叹息都无济于事。我被迫辞别哭哭啼啼的家人，来到了军营。自入营那日起，我时常接受暴力与欺凌的洗礼，后来不明所以地被丢到一艘船上，被送到荷印的某个地方。那是夹在蔚蓝大海和葱郁森林之间的战争最前线。

这里看上去十分平静，到处都是丰饶的自然风光。我本以为能在这里安心度日，却发现事情远没有想象的这么简单。我甚至没有工夫思考守护这里究竟有何意义，外有敌军袭击，内有饥饿和疾病相逼，甚至还要和军队组织这个最不讲理的"敌人"展开斗争。

反正最后不是被机枪扫射，就是被热病带走。如果连水都没法喝上一口就得等死的话，在此之前还是做点自己喜欢的事情吧——如同刚才所说的，正是出于这种想法，我开始趁着部队工作空闲时，避开上司和同僚的耳目，找理由去丛林里游荡。

这里简直是生命的王国！尽管很遗憾没有采集箱和捕虫网，但也不能徒手将那些摸一下手就会肿起来的毒花毒草，以及被刺一下就危及生命的异形昆虫装进口袋里带回去。毕竟如果这样做，不知道要被好事之人说成什么，也没法给部下做出榜样。最重要的是，我不希望别人知道我赏玩这些并乐在其中。

即便如此，我还是不断深入丛林，毕竟我有这样做的理由，而且这也是仅属于我的乐趣。至于深入丛林的理由，在距离我们驻地一林之隔的地方，有个土著村落，在那里可以从村民手中买到芋头、玉米、花生、面包树果实等粮食，因此我一手接下了和他们交涉的任务。

村里的人虽然无法忍受我们这些日本人突然在这么近的地方建立

兵舍，开挖壕沟，肆意砍伐树木，甚至与敌军交火，但却很喜欢我这样的人。虽然不便对外人讲起，但日本人在当地不受欢迎的原因其实很简单，因为他们会杀害族长、烧光村落，而我们部队至少没干过此等暴行。肩负起与他们沟通这一任务的我不但感到光荣，甚至还有点骄傲。当然，也有人看不惯我对当地人这般温和，所以我也经常遭受这些人异样的眼光，但先不说别的，唯独这个任务我是绝不会让给任何人的。

多亏了他们，我所在的部队才没有化为人间地狱。至少当时是这样，而现在想来也是如此。尽管绝对算不上物资充足，但有了刚刚说到的食物，即便大家因为争夺食物而小打小闹，或者总有人因为事故或病痛而丧命，但日子过得还算平淡。

没错。包括我在内，在被征兵入伍之前，有人是工薪职员，有人是种田的农民，有人是手艺人，甚至还有艺人和学生。对他们而言，即使被鼓吹说要做好为国家赴死的准备，但相信没人会想到自己最终会掉进浑浊的河水里，被鳄鱼生吞吧？而生下他们的父母，又有谁能想到自己的孩子最后会这样死去呢？

即便如此，不知是因为平时的习惯，还是所谓的国民性，人的本性是极其可怕的。肩章上多一颗星的人能够随意殴打少一颗星的人，甚至抽他们的耳光。而且大家从早到晚挖壕沟、埋壕沟，还把精力花在那些恐怕没有任何意义和效果的训练和劳动上，诸如此类的现象没有任何好转。

最终无论有没有战争,士兵们恐怕只有到躺下的那一刻才能真正安心吧。不错,我有"前往森林"这个仅属于自己的小小乐趣。在森林尽头的村落里,我和那些习俗特殊但人情敦厚的人们交谈,渐渐忘却了日常的烦恼,度过了相对悠闲的时光。

如果这样的时光能够一直持续下去就好了。说不定,不,大概率我再也无法回到日本了,既然如此,没有比在这里过起悠闲而随性的日子更好的选择了吧。

然而,最后的时刻果然还是来了。

战况日渐恶化,即使已经做好决战之日即将来临的准备,我还是希望它能够明日再来,如果明日变成了今日,那就下一日再来吧。我内心代替着神明,暗暗擅自这般决定,不要再给这充满苦难和悲惨的军队生活施加无情且致命的一击。

但,事实却与我的期待背道而驰。

某天早上,既非海浪又非鸟鸣的巨大声音响彻大地,当我们仓皇狼狈地拿起武器时,美军已经从天上从海上包围了我们的驻地。

在对方看来可能这都不算什么重大作战,但对我们而言却是毁灭性的。很快我们就溃不成军,尽管已经见惯了死亡,也对那些毫不留情的打击变得麻木,但当死亡近在眼前,伴随着仿佛是机械运转时轻快的节奏,看着刚刚还在说话的人被死神的箭矢击中,接连倒下,我还是觉得仿佛在经历一场噩梦。

全年晴朗无云的天空中布满了黑色凶鸟的身影,它们轰鸣的咆哮

令人几乎癫狂。不光是机枪扫射，还有不断投下的炸弹，伴随着每次攻击，更多生命消逝在了战火之中。

事已至此，我无计可施。等回过神来时，我全然不顾自己将背上怎样的骂名，只顾着拼死逃命，而我也只能逃往那已经非常熟悉的村落。想必美军不会不加分辨就袭击在南方平静生活的人们吧。我天真地想着，甚至无暇思考因为日军的逃窜使村落也变成攻击目标时，会给村民们带来怎样的灾难。

我连滚带爬地一路狂奔，在已经非常熟悉的小路上无数次摔倒。当我在绝不会迷路的小路上迷路之时，有什么东西落在我附近，并发生了剧烈的爆炸。下一个瞬间，我连同尘土一起被炸到空中，过往种种如同卡片翻动一般，在我脑海中明灭闪烁。下一秒，一切都被沉沉的黑暗所吞没。

没错，我最终昏了过去。

3

当我醒来时，周围已是一片漆黑。

回过神来，发现自己摊开手脚，躺在不知是何处的草丛里。就着这个姿势望向天空，映入眼帘的是亮得有些刺眼的无数繁星，耳边能听见在贴近地面的地方有虫鸣，有野兽莫名的低吼以及风吹拂而过的声音。

这是什么？是我听错了吗？

这种未知的声音不同于刚刚听到的任何一种，我偏过头细细听着。现在可不是一探究竟的时候，重要的是确认自己是否受伤，以及确认此刻所处的环境。我似乎是保住了一命，在被那阵爆炸炸飞时，本以为自己死定了，但神明好像并没有那般无情。一想到战友们可能瞬间就丢了性命，我只得感叹神明是如此随性而不公平，不过也不得不感谢神明并非是认真而公平的。

说起来，距离刚才的爆炸已经过了多久呢？虽然不知现在具体是几点，但毫无疑问，我已经躺在这里昏迷了很长时间。当时我有种奇妙的感觉，仿佛自己的身体并不属于自己一般，在一段时间内灵魂出窍，最终才回到自己的身体里。

平时倒也罢了，现在只要知道自己还活着，这些体验都不值一提。现在也不能一直待在这里，我猛然起身，小心检查自己身体的各个地方，看来我并未受伤。

谢天谢地，只要还活着就总有办法的，如果此刻不是在战场，那便更好了。尽管没什么大碍，但接下来该怎么办才是个大问题。毕竟身为日本军人，能幸存下来本身就可能带来一些不便和麻烦。

站起来的瞬间我有些头晕目眩，除此之外倒也没什么大碍。得赶快找到同伴们，我正想返回兵舍时，刚伸出去的脚立刻顿住了。

又是那个声音，这次我听得十分真切，看来并未听错。而且那不是自然的声音，明显是一大群人的声音——还是歌声。我侧耳倾听，

甚至还听到了某种乐器的声音。

歌声？乐器？难道在这种时候，这个地方还在开音乐会吗？

不过似乎我并没有听错。完全没想到会在这里听到这种声音，我虽然惊讶不已，但更多的是喜悦和放松。毕竟这些歌声和乐声一定是人类发出的，想必是那个村子里的人。

刚刚在一味地逃命中我迷了路，而且又在很长一段时间内失去了意识，现在天这么黑了，这种情况下一个人穿越丛林，绝非明智之举。我原本还打算回到驻地，但如果那个村子里的人就在附近，那就另当别论了。那些亲切而温柔，而且绝对正常很多的村民一定不会冷落勉强捡回一命的我，更不会再让我赶往另一处必死之地。

想到这一点，我开始毫不犹豫地前进。那是一种奇妙而充满异域风情，不同于我所知道的任何一种西洋或日本的音乐和节奏，它带着奇异的温暖和熟悉感，甚至有些性感，我不禁朝着那乐声走去。

这一带无论走到哪里，都是榕树的天下，这附近更是巨木丛生，它们粗如章鱼腕足的枝条蜿蜒着，彼此缠绕着，要穿过这片榕树林着实得费一番工夫。但既然能听见对面那头传来奇妙的歌声和乐声，无论如何我都要继续前进。

幸好森林里的精灵们（岛上的人们相信它们的存在）并未阻拦我的去路，最终我终于穿出了这片榕树林。

眼前豁然开朗，而我也因这初次得见的光景而驻足。尽管频繁造访他们的村落，但我从不知道还有这样一个地方。

这里的地形如盆地一般下凹，周围是与我刚刚穿过的别无二致的森林，正好形成了一个圆形广场。人们点起篝火，聚集于此。

我似乎听说过，这村子里有个绝不能让外人知道的秘境。据说这秘境只有在举办神圣的典仪时才会被用到，原本是部落的祖先们与可怕的敌人——据传并不是其他部族这类真实存在的人，而是恶鬼或亡者之国这些超自然的军队——战斗时使用过的城塞。想到这些，我感觉聚集于此的仿佛也是什么非人类的存在。

咦，那是……

我在心中喃喃自语。定睛一看，我发现了几个熟悉的村人面孔。魁梧敦实的村长，买粮食时关照过我的大叔，村里的年轻人和大娘们。看来，这并不是什么亡灵的集会。

和平常不同的是，他们身着我从未见过的华丽衣装，手腕脚腕上戴着丁零作响的装饰。场地正中央有个像是祭坛一样的地方，上面堆满了当地的名花——九重葛，我猜测他们可能是在举行什么庆典。不过，这里并没有每次一去村子里就缠着我玩耍的孩童，所以可能不是庆典，而是某种仪式。

这一点从他们的表情也能看出。他们的脸上没有一丝明媚或愉悦，每个人都神情庄重。人们要么面无表情，要么面色沉痛。主持这一切的自然是村里最年长的老人，他从未与我交谈过，每次都呆呆地闭着眼睛，坐在角落晒太阳，此时却一反常态地显出了几分精神。

我很快就知道我听到的音乐声是什么了。十几名男男女女围着刚

刚提到的祭坛，认真地演奏着形状奇怪的铁琴、竖琴、太鼓、钲鼓和芦笛，而那位老人恐怕就是乐团的指挥。没有演奏乐器的人们配合着指挥和音乐，唱着听上去非常不可思议的歌。

　　这首歌该如何描述呢，每段旋律都带着直入心扉的悲伤，尽管听起来是亚洲的音乐，但令人不禁联想到更远的国度。听起来像是在印度尼西亚广受喜爱的用甘美兰演奏出的乐曲，但二者之间也有着明显的不同，这首和那种浓重得仿佛带着麝香气味的音乐完全相反。因为此后听了很多西洋乐以外的乐曲，所以我能注意到二者的差别，但对于此时的我而言，那乐声是如此玄妙而缥缈，让我沉醉在这近在咫尺，却仿佛在下一秒就会远去的变换自如的旋律中。

　　不知不觉间我的泪水滂沱而下，心中悲苦难言。无比思乡的同时，也让我对使我与亲友分离、被迫投身到这人间炼狱的家伙们产生了强烈的愤怒。下一秒，我又产生了奇妙的感官，久久不能平静。无论看什么、想什么都无比快乐……这并不奇怪，那乐声搅动起了我内心的喜怒哀乐。那是在我收到征兵的红纸之前，在我内心里生动地存在着、闪耀着的感情，是自征兵之日起，尤其是在我被送到前往南方战线的船上后，慢慢枯萎死去的感情。

　　我激动得难以自已，从藏身的榕树后站起身来，然后沿着朝向广场的下坡开始慢慢地跑下去，接着渐渐狂奔起来。

　　现在想来，当时的举动实在过于莽撞。但彼时我沉醉在乐声中，无论如何都想加入这群与自然共生、内心温柔而情感充沛的人们之中。

最终发生的一切，是我始料未及的。

当人们听到我这个闯入者的脚步声时，脸上的表情充满了惊愕，这本在我的意料之中，但下一秒，他们的表情难看地扭曲起来。恐怖、厌恶、憎恶……无论男女老少，脸上都丝毫没有接受我这个外人的温暖和宽容。

此时，乐声戛然而止，可怕的寂静和沉默瞬间包围了这里。我终于后知后觉地发现自己触犯了无可挽回的禁忌，我妨碍了他们神圣的仪式，打断了对他们而言意义非凡的音乐……

篝火突然暗了下去。不，陷入黑暗的可能是我的意识，我感到身后似乎有人重重击打我的头。也可能单纯只是身心疲惫，我倒下了。

之后便是无尽的黑暗。这奇妙的中断，也成了我和那村落里的人们，还有他们演奏歌唱的神秘音乐之间的永别。

4

"等我再次醒来时，已经身处充满血腥和死亡气味的运送船中了。那前后的记忆非常混乱。据说我再次穿过了森林，回到了部队所在的地方，然后就力竭昏倒了。之后幸亏驻地的士兵们在撤退时没把我当成尸体，而是带上了船。接下来直到战争结束前的几个月，我又体会到了另一番人间炼狱——事情就是这样。"

我离开了那间旧书店兼古董店，沿着运河岸边漫步，最终坐在一家咖啡店——不是那种提供其他服务的"咖啡店"，而是让人单纯享用咖啡的地方。我平静地说完这段往事，便止住了话头。

　　"所以你……"男人依旧将手按在桌上的文件夹上，问道，"在战败后回到日本，等身心恢复健康后，就开始寻找当时在广场上听到的音乐，对吧？你特别想找到那首乐曲的乐谱，但这并非一件易事。"

　　"没错。"我点头道，"终于回到了朝思暮想的祖国，但战败后的日本仿佛开启了新一轮的锁国，没有重要的公务或者商业目的就很难再出国。与此同时，无论战前还是战后，都有不少外国人深入那附近，就当地民俗和习惯开展了不少研究。我听说也出了不少成果，所以就一个劲儿去深挖这方面的资料。"

　　"但最终没有得到让你满意的结果，所以你才找上了我？"

　　面对男人的提问，我再次点头道："正是如此。没想到你在这么短的时间内就联系我说找到了，然后我们就在莱顿当面进行交易。现在我也近在眼前了，没必要再重复了……怎么样，这下你满意了吧？"

　　"差不多吧，"男人回答道，"不过我还有一事想问。"

　　"哦？是什么？"我轻快地问道。说实话我心里已经对这个男人的纠缠不休感到一丝厌烦了。原本我作为委托人，没有义务一五一十地解释这些内情。事到如今，他还想继续问什么呢？

男人仿佛看穿了我内心的不耐烦一般，他说道："我知道问这些很失礼。对你而言，在荷印战地的那一夜是非常重要的回忆，你无论如何都想要查清那个谜团，这一点我已经很清楚了。但你为什么对那首乐曲这么执着，甚至不惜花费这么长的时间，不辞辛劳地寻找它呢？以防万一，我想补充说明的是，我今天准备交给你的乐谱，是作为那场仪式的研究的一环而采谱的，未必是你所要求的乐谱，我也没有自信说这就是你记忆中那首乐曲的乐谱。所以我想问的是，你究竟是出于何种目的寻找乐谱，你觉得这乐谱是什么呢？"

没想到这个男人竟如此纠缠不休，也没想到他会对委托人的真实意图这般刨根问底。

"这可真令人吃惊啊，没想到你问得如此深入。没错，我委托你找这乐谱是因为……"我这样说着，在探出身子的下一个瞬间，故意打翻了他面前的咖啡杯。看着面前在桌上流淌的褐色液体，男人罕见地露出了惊慌的神色，我趁机抓起文件夹，直接站起身来道，"抱歉，我实在等不及了，报酬方面你不用担心，给！"

我像是丢出诱饵一般，甩出趁他刚刚离开的间隙写下的支票，飞快地离开了咖啡店。

*

我所言非虚。不光是会支付报酬这一点，还有我说的"实在是等

不及了"。

在战地那夜奇妙的体验,还有当时听到的不可思议的音乐,在那之后也一直纠缠着我。那究竟是怎么回事,在那榕树环绕的圆形广场到底发生了什么?这些疑问一直刺痛着我的心,从未有一日消失过。

不光是对真相的渴望,我总觉得那夜一定发生了什么重要的事,而且也想再听一次那音乐。这些原因驱使着我近年来不断寻找乐谱。

尽管脑海中能回想起那独特的旋律和节奏,还有如同歌词一般的东西,但当我想要从中找出一个音节、一点只言片语时,它们又会变得模糊不清,每每皆是如此。

无论如何我都要再听一次,为此原本只需要再去那里一次即可。那片和平乐园尽管遭到了我们日本人的蹂躏,但勉强免于战火的破坏。而在战后剧变的格局中,那里很快就被世界经济的洪流吞没,不留一丝过去的痕迹。传承了好几百年的独特习俗消失了,森林被砍伐,田地和家园遭到破坏,我本想在这一切发生之前再次前往那里,但即使我愿望成真,那村子,还有村里的人想必早已物是人非了吧。

因此,我寻找着那乐谱,寻找一切手段,再现那夜所听到的音乐,如果能用他们实际使用过的乐器是再好不过的。无妨,只要有忠实记录下那首乐曲的乐谱,在脑海中演奏它也并非难事。

就这样,我开始了寻找。委托那个男人找乐谱并非我最初的尝试,我早已开始四处寻找资料,拜访专家。因为涉及曾经的荷兰领土,我也问过位于首都阿姆斯特丹的历史博物馆、热带博物馆,甚至还咨询了荷兰海事博物馆。这样一点点收集到的资料就仿佛被打散的拼图一般,彼此或有重复,或有交错,最终都未能令我满意。

我能感到,今天拿到的将是我最后的希望。因此我实在不想再和那个男人啰唆了,只想尽快确认其中的内容。

不管这乐谱有着怎样的意义,不管我是否能知晓其中的奥妙,既然已经得到了它,我不可能忍住不看。

所以,我用武力夺下了乐谱。匆忙穿过大路,我一边跑过小巷,一边时不时偷看文件夹中的乐谱。似乎这次并没有找错。

"既然如此。"我不由得这样想着。

"得找个适合演奏它的地方才行,铁琴和太鼓肯定没有,哪怕有支芦笛也行……"

5

莱顿市中心位于新旧莱茵河交汇点向下的山丘上,修建着圆形的城墙。直径不到四十米,高度超过六十米,尽管看上去是古朴的灰色,但仔细观察就能发现,这些城墙是由红砖砌成。这座城塞是在别名为"八十年战争"的荷兰独立战争时期,在一五七三年至翌年的莱顿围攻战中,市民们为了对抗西班牙军队而闭门死守之处。

大门脚下有各式商店,拱形大门上印有形似两道钥匙交叉的市徽,旁边立有守护石狮。穿过大门,沿着石阶走过刻着各种纹章的铁门，眼前便出现了一个寂静的广场。

尽管沿着胸墙有一道可以用于观察和迎敌的回廊，但广场整体却很小巧，实在难以想象这里能容纳那么多莱顿市民在此据城困守。现在此处几乎没几个人影，他们都与我擦肩而过，纷纷离开了。

我独自一人抱着文件夹，茫然地站着。是时候了——我打开文件夹，里面出现了几张像论文一样印着文字的纸。

除了能通过文字中aa或ee这样连续的元音得知这是荷兰语外，基本看不出什么明确的内容，但穿插在文字间的地图和插图，说明这上面记载的内容确实是发生在我曾被分配到的荷印的某处。我急不可耐地翻看着，此时，出现了一幅插图，上面画着被巨大榕树包围的广场，而且还有关于那夜仪式的速写。

我压抑着激动的心情，急切地往后翻看了一段，没想到竟然出现了一段乐谱。

为了与那音乐重逢，我特地学了读谱。仅仅只看了最初几个小结，我便确信这就是我要找的。

没错，就是这个！我高兴得快要跳了起来。

这应该是在战争开始前，荷兰学者调研当地的土著文化，并将当地的习俗和传承整理而成的论文。这段乐谱兴许是被当时最先进的设备录下来了，又或是有学者到现场进行了详细记录，那些异域的乐器分别演奏哪些部分，甚至连那令人不明所以的歌词都被明确记录了下来。

我如痴如醉地跟着音符、循着小结,小声哼着那歌词。不知不觉间各种乐器开始在我脑海内鸣响,几段旋律彼此重合起来。

那便是那夜奇妙的音乐会,被其神奇的魅力所吸引,我迷迷糊糊地闯入其中,然后音乐戛然而止,一切归于黑暗。

那究竟是什么?那时候发生了什么?为什么我会如此沉醉在音乐中,以至于闯入了村民的集会中?村民们为何用那样恐怖和嫌恶的表情看着我?说到底,那音乐究竟是什么呢?

我一头雾水,无意间抬起头,并为眼前看到的城塞景象而震惊。这与森林深处的广场何其相似!周围圆形的墙壁遮挡住来自外界的视线,甚至从回廊能够看到圆形的底部这一点,也和那广场具有共同之处。此时在我内心中,现在与过去、白昼与黑夜彼此交错,两个空间重合在一起。我站在这里,同时也回到了还是一介士兵的彼时。

我边看乐谱边听音乐,同时边听音乐边看手中的乐谱。当音乐即将到达最高潮时,我突然意识到一件事。这不禁让我如遭雷劈,脑中一片翻腾。

我终于明白那时发生的一切,明白此刻响起的那首乐曲、那首歌分明代表着什么意思。

是啊……那时我已经死了啊。

当时阵地遭到了美军的猛攻,我从战友们的尸山血海中逃往森林深处,而美军毫不留情地用机枪扫射,并投下炸弹。

在那次爆炸中,我已经死了。我在很久之前便已经死去了啊。

那为什么此刻我在这里呢？当时，在不知何时降临的黑夜中苏醒的我确实是活着的，而之后我也一直以为自己还活着。

在那森林深处，在被榕树环绕，向下凹陷的圆形广场中举行的仪式和奏响的乐曲，它们的真实身份如果特意用古典的日语表现来说明，应该被称为——

还魂之术。

那日在美军的强攻之下，无数日本士兵如烟尘般被炸飞。同时，想必那村落里也有不少人被夺去了生命。对只会因伤病、年龄、天灾而去世的村民而言，这种死法是他们难以接受的。死者中恐怕也有对村落而言必不可缺的人物，因此他们使用了传自祖先的秘密仪式。

不知是出于何种偶然，这种禁术在一具毫无关系，被他们扔下不管的身体上生效了。果然是因为这项禁术长久以来未被使用，所以无法被轻易重现，也无法期待能得到完美的结果吗？

无论如何，它将曾经期待和帝国一起赴死的我从冥府之中召回，或是让我从虚无中苏醒过来，而光看村民们的反应，就知道这并非他们所期待并欢迎的结果。我出现在那里，可能就说明他们未能成功唤回本想唤回的人吧。

就这样，我重新回到肉身之中。几十年来都没意识到自己已死之事，没有意识到自己并非此世间之物，成了在人间徘徊的亡灵——而造成这一切的那场仪式上演奏的神秘音乐，却一直萦绕心间，在记忆中每每令我不得安宁。

然后，在完全想不到会有怎样的结果，也不知那乐曲究竟是什么的情况下，我自己苦苦追寻着，并得到了这乐谱。

接受了两次还魂之术的人会怎么样呢？

据说魔法或者妖术如果不施展两次是无法解开的，就像转动两次钥匙可以把原本锁上的锁打开一样。如果此话当真……

当意识到这一点时，我感到自己的身体开始往前倾倒，身体和四肢如尘土一样渐渐分崩离析，飘散在风中。

这几十年的时光，就是为了纠正那一夜的秘密仪式，纠正那个巨大的错误。而寻找乐谱的诸般过程，也是让我变成在南方之地战死的无名之辈的返程之旅。

当我的眼球最终即将消失之际，眼前突然出现了一道人影，是将乐谱带给我的那个男人，他似乎是追着我来到了这城塞。此刻他眼中的我是怎样的，他是否正是因为知道会发生什么，所以才那般执拗地寻根问底呢？

事到如今，再探究这些已经毫无意义了。

再见了……能力卓著的寻谱之人。

不知他是否看到已经神形消散的我对他挥手告别。在看到那男人轻轻微笑的那一刻，我脑海中的音乐戛然而止，一切最终归于虚无。

在三重十字旗下

1

在首都布加勒斯特的斯皮里山上伫立着高大的人民宫，那是一栋正面宽度达二百七十五米，外围道路全长三千米的白色宫殿。

尽管在一九八九年被改名为议会宫，但直至今日，它曾经的名称依然更广为人知。

整栋建筑为地上十层，地下四层，共计三千多个房间，总建筑面积达三十三万平方米，据说是世界上仅次于美国五角大楼的第二大建筑。若论起规模和建筑开支等华而不实的无聊数据，那它毫无疑问是世界第一。

就名不副实这一点，它也称得上世界第一统治者。齐奥塞斯库斥十六亿美元的巨资建成了它。据说当时挖光了罗马尼亚的大理石，人们甚至无墓碑可用。

同时，为了将宫殿前的统一大道修建得如同香榭丽舍大道一般，统治者还进行了大规模的扩建工程。尽管这样能从阳台上看到秀丽的景色，但却破坏了很多历史建筑，让这座数次遭到破坏的城市更是雪上加霜。

如此煞费苦心建造宫殿的总统，最终被射杀，而倾全国之力建成的宫殿尽管威风凛凛，却同样空洞乏味。同样是宫殿，其优美程度完全不及现存于锡纳亚小城的旧王朝夏宫——佩勒丝城堡。即便其规模是夏宫的数百倍，在品位上却是天壤之别。

宫殿的外观如同方形箱子堆积而成一般，毫无美感。滥用的拱门结构也让它看上去略显廉价，陈粗滥造的内部装饰让人一眼就能看出是用机器雕刻而成。与其说这里是宫殿，不如说是商业设施。连只会应付式地接待旅游团的客人，谈不上任何服务的猛犸酒店都比它强。大到荒唐的宫殿徒有其表，所见之处都是空荡荡的，毫无观赏性可言。

埃列娜夫人为了能在万众瞩目中华丽登场，专门修建了高大的楼梯。但那仅仅只是一个楼梯，除了用料更好之外，其设计无聊到和一般商场的楼梯并无差别。

当然，作为一个国家的代表性建筑，一定会请当时最高水平的建筑家和美术家参与设计与修建。但结果不尽人意，多半是因为当时的国家内部拉帮结派，真正有才能的人难以出头。

既然这里恶评如潮，那完全没必要过来观赏。不过我会来参观这种按路线分开收费，甚至连拍纪念照都要单独付费的地方，自然是有我的理由。原因在于我想仔细看看这人民宫。详细了解这个国家的过去和现在，是我本次工作中不可或缺的一环。

为了转换心情，我漫步在布加勒斯特的街道上。因为这里曾属于轴心国的阵营，纳粹德国[1]也曾在此施行暴政。在二战晚期，这里受到英美联军的猛烈攻击，城市几乎被破坏殆尽。在刚刚提及的国家政府的统治下，战后开展了"合理的"城市建设，最终曾被盛赞为"东欧小巴黎"的城市再无昔日倩影。

即便如此，那些缕缕免遭破坏的建筑依然以其古朴典雅的姿态伫立在这里，可能是因为官员们的疏忽，也可能是为了发扬国威吧。建于一八八八年的雅典娜音乐厅就是其中的重要建筑之一。前方是万神殿风格的高大圆柱，后方是巨大的圆顶主殿，里面则是用于奏乐的音乐厅。

在圆形外墙的圆形窗户上，精致地装饰着竖琴与月桂头冠的纹样。细细观察，还能看见飞檐之上刻着。拉斐尔、高乃依、维吉留斯、米开朗琪罗、伯里克利、莫里哀、贝多芬等古往今来的音乐家和艺术家的名字。我忽然想到，是否能在上面加上现代艺术家的名字，比如马里乌斯·德拉戈米雷斯库之名。

这绝无可能。即使音乐厅的飞檐上还有空位，想来也是无法实现的。他的时代已经过去，而且再也不会回来。如果真有地方可以篆刻下德拉戈米雷斯库的名字，恐怕只有刚刚提及的人民官的白色大理石了吧，据说他还曾受邀前去过那里。

1　纳粹德国，是由纳粹党执政的德国，又称"德意志第三帝国"。——译者注

比起被人忘却、轻视，有人选择想要成为让人忌讳的存在。若是他也想这样，倒也不是完全没可能。

没错，因为……

2

在雅典娜音乐厅的事务已了，我从北站乘上了罗马尼亚国有铁路CFR。电力机车飞驰了两个半小时后，我来到位于罗马尼亚中部的第二大城市——布拉索夫。布拉索夫站位于城北一角，徒步前往我的目的地需要花三十分钟，因此我到第一枢纽站后就乘上了巴士。以中央公园的埃罗依大道为中心，新市区一带五彩缤纷的建筑物鳞次栉比。这里阳光明媚，从那些被特兰西瓦尼亚地区的吸血鬼传说所影响的人们来看，这景象恐怕相当令人意外。

部分街道禁止车辆进入，咖啡店和餐厅的帐篷都快挤到路中央了。这些帐篷上都用英文写着"也许这是全世界最好的城市"，看上去格外洋气。

这里与首都截然不同，城市的个性极为鲜明，处处充满风情，同时通过街角随处可见的建筑上残留的无数弹孔，也可以看出当时内战留下的鲜明伤痕。

耸立在东南方向的是坦帕山，它和波亚纳山一起环抱、守护着这座城市。如同好莱坞一样，在半山腰上竖立着白色的"Brasov"几个大字,虽然对这座13世纪以来就存在的古都而言多少有几分俗气,但这也是时代的产物。

尽管俗气,但布朗城堡正位于布拉索夫以南三十千米处。被认为是德古拉伯爵原型的穿刺大公弗拉德·采佩什虽然从未造访过布朗城堡。不知为何,人们却认为他曾经生活在那里,因此城堡里总是游客云集。人们纷纷吵闹着要买印有穿刺大公头像的纪念T恤。好在这股潮流并未波及此地,我本以为多少应该能找到城市名人——划时代的作曲家德拉戈米雷斯库的名字,结果在视线范围内并未找到。

不,找到了,在后街的乐器工坊里。

在那嵌有许多气泡(曾经被称作"蛙眼")的窗户玻璃后面,我确实看到了一张写着马里乌斯·德拉戈米雷斯库名字的老旧海报。

正当我凝神细看,纳闷这是什么时候的东西时,我忽然发现店里不知是店主女儿还是工匠的年轻女性正惊讶地看着我。等我们视线相接时,她问道:"你有什么事吗?"

我心虚得直冒冷汗,连忙挥手表示没什么事,并匆匆离开了那里。不过,能在这条街上找到关于他的踪迹,我也稍稍安下心来。接着寻思着是否要在今天见到他时,向他提起这件事。

*

我在几个月前通过他人介绍,收到了一份工作委托,前去演奏德

拉戈米雷斯库的前卫作品——曾经在欧洲，甚至在全世界都备受追捧的几首音乐作品。

对我而言，这份委托简直比登天还难。毕竟我这个小小的钢琴演奏家很难演奏他这等巨匠的作品。而且坦率地说，他的作品和我的演奏风格并不相配。

马里乌斯·德拉戈米雷斯库的作品近年来出过好多种录音盘，听过的人绝不在少数。但这并不意味着大家都"听过"他的音乐。因为他在某段时期接连创作的作品本就没想过要给大众品鉴。即便他的音乐能够震动听众的鼓膜，他也从未试图用这些音乐打动听众的心。

即便如此，音乐界还是狂热地追捧着他，而追捧他的是以前卫音乐作为批评对象，并以此营生的评论家或学者。不，确切来说，大家追捧的并非他的音乐，而是他的乐谱。众人盛赞，甚至揶揄而敬畏地称他的乐谱为"黑色乐谱"。其原因一目了然，乐谱上被无数音符和记号填得严严实实，就如同附在死肉上的苍蝇一般，说好听点像是记录了什么秘密仪式的古代文字。

这样一来，德拉戈米雷斯库在自己的作品中倾注了所有理论与技法。每个音符都有意义，抑或者因为没有意义而变得有意义，甚至连音符与音符间的空白也有其意义。换言之，乐谱本身就像是一块完整的拼图，从中可以窥见他深不见底的理论迷宫。

批评家们沉迷于解谜之中，然后欣喜于自己所谓的"发现"。他们将其与自己的空论进行对照，并狂喜不已。批评家们时常放出豪言,"我们写评论是因为这部作品真的很优秀,而它优秀的原因在于能让我们写出评论。"

没错,以这种意义而言,他的作品是完美的。即使他的乐谱无法正常演奏,听上去也并不令人觉得悦耳。

德拉戈米雷斯库在乐坛崭露头角时,众多演奏家看到他的乐谱只能笑着表示"这个弹不了"。事实上,德拉戈米雷斯库完全无视了人类只有两只手、十根手指这一事实。他的作品被认为除了自动钢琴外没有乐器可以演奏,即使真的尝试用装有机械装置的乐器进行自动演奏,也有乐器本身处理不了的地方。不过,也有年轻的演奏家特意挑战他的作品。

出乎意料的是,很多人其实并不知道,即使在传统乐器的世界里,演奏技法也是日新月异的。往往昨天还不能演奏的曲子,在今天就化为了可能。如同刷新奥运会的世界纪录一样,无数人都想成为改写世界第一纪录的存在。

不过我对这种竞争毫无兴趣,毕竟我并不喜欢德拉戈米雷斯库的曲子,无论如何都喜欢不起来。至于原因,与其听我解释,倒不如在播放器上放一放他的作品。无需任何音乐素养,任谁都能注意到他的作品并不优美。听上去既不悦耳,也不会打动听众的心。那音乐复杂奇怪,令人眼花缭乱,但并没有任何意义。

批评家们如此热心地在其中寻找,也未能找到数学的协调性、象征性或是任何一种要素,这些音符仅仅只是存在于乐谱中,其目的也不是为了让人聆听。

可能会有同行提出异议吧，但受到将梦想托付给我，让我走上音乐之路的父亲的影响，我热爱传统的调性音乐，认为那些无法弹奏的，或者弹奏出来不会令听众有任何感动的乐曲并不是音乐。我们演奏家，可不是为了给并无音乐神韵的东西套上音乐这层外壳的工具。

不过我这种想法只占少数，德拉戈米雷斯库作为现代音乐界的宠儿，回到了他曾经离开的祖国，作为发扬国威的爱国英雄衣锦还乡。不巧的是，他的音乐并没得到建造出人民宫的领导者的喜爱，他的名字最终也没能刻在大理石上。

之后时代剧变，毫无原则可言的批评家们找到了新的作曲家来证明他们的空论。他们在心中发誓，要通过新的机会大赚一笔，很快将他抛在脑后。

不过神明倒也没有放弃他，在他的作品成为过去的遗物后，竟然有人又开始打听他的作品。他的作品因为颓废，在旧时被人们冷落，没想到现在却因其特色重新受到关注。

德拉戈米雷斯库作品的复活公演自然需要演奏者来演奏，但不同于从前，前去应征的人寥寥无几。这也是自然，毕竟现在和过去那个只要能够熟练演奏德拉戈米雷斯库的难曲就能名噪一时的时代已经完全不同了。

而且说实话，演奏他的曲子并不划算。就理论而言，几乎不存在无法演奏的乐曲，虽然困难程度不同，但基本上花几个月练习，总能弹得像模像样。讽刺的是，演奏家只能用这种方式证明自己并没有输给自动乐器。不过是否有这样做的价值就另当别论了，如果是脍炙人口，今后还有机会演奏的乐曲，自然是有花时间练习的价值，这对音乐家而言也会成为自己的财产。但如果是今后可能没机会再演奏的乐曲，是不值得花费宝贵的时间和精力的。当然，如果演奏一次的报酬惊人，那就另当别论了。

不过我还是接受了这个委托。因为一些缘由，我这种无名小辈也需要演奏德拉戈米雷斯库的大作。至于是什么缘由，就任由各位想象了。

最终这项委托带来了意料之外的结果，因此我才来到了布拉索夫。

3

在坦帕山下的老城区，茶褐色的房屋屋顶如同花田里盛开的花朵，而马里乌斯·德拉戈米雷斯库的家就位于以黑教堂和议会广场为中心的斯科地区。曾经备受好评的作曲家，如今静静地在这里安享晚年。

作为他的终老之地，这栋房子整体呈现出工作室的风格，有着宽敞的窗户与白色的墙壁，和他难以理解的曲风毫不相配。不过，要是问我怎样复杂奇特的建筑才适合他，我倒也答不上来。除了角落里的那架钢琴，几乎没什么能够看出他的职业，他家中甚至连五线谱都没有。他一直独居于此，除了偶尔请人来清扫、买东西、照顾起居外，

连一只宠物都没养。

"啊,是你啊。我真没想到你会特地来一趟,我家什么都没有,请进吧。"

尽管我事前已经告知过他要来拜访,但他似乎不记得是今天,所以非常惊讶。不知是否因为访客本身就少,他热情地接待了我。

先前在照片里看到他时,他的卷发让我联想起了恶魔的角。他总是用锐利的眼神盯着镜头,微微翘起的嘴唇似乎下一秒就会吐出什么辛辣的警世名言,不过也能从侧面看出他豪爽的性格。他身上确实透着才能与知性,能让人感受到强烈的意志。原来如此,难怪那些批评家们会如此追捧他。

他现在的样貌也没太大变化,即使头发已经花白,干瘪的皮肤上布满水波一样的皱纹,但依然能认出他就是德拉戈米雷斯库。像他这般无精打采,不知如何打发所剩不多的余生,想必是每个人的必经之路。

我询问起他的近况,尽管对音乐世界仍有留恋,但他最近似乎已经没有继续作曲了。"毕竟已经不像那个时候那样能写,不过我想出售一些我的构想。"他用东洋老哲学家般的语气说,恐怕这只是他的愿望而已。曾经说想写而没能写出作品的作曲家,多半是不会再继续作曲了吧。

"那么,关于这次我要弹奏的曲目,"我丝毫没表现出刚才的想法,开口说道,"听说其中包含了很多您的个人体验——就是二战时期的。"

说到二战,其含义各不相同。有时候单纯只是表示时间,有些时候也并非指代与外国的战争,在这一点上我没有明说。

"算是吧,也可以这样说。毕竟有过去才有现在,不能说和它完全没有关系。"德拉戈米雷斯库含糊地回答道。

"是吗?"我没有继续追问,"我听说先生青少年时期一直身处动荡的环境中,也受了很多苦,比如与法西斯的抗争。"

"连这你都知道啊。"德拉戈米雷斯库讳莫如深地回道。我继续说道:"尤其是对抗绿衫军的活动方面,我稍微有些兴趣。"

老人满是皱纹的脸瞬间抽搐了一下,但很快又恢复如初,继而说道:"铁卫团[1],那可真是个令人讨厌的时代。不管是身着绿衫的歧视者组成的暗杀团体,还是自称天使长米哈伊尔军团的团体,简直都是噩梦般的存在……"

一九四○年,在同盟国法国投降后,罗马尼亚保持中立,拥护轴心国的势力抬头,曾因过激的民族主义和人种歧视活动而被镇压的铁卫团也急速壮大起来。由科内柳·科德里亚努组成的党派打出了三重十字旗(无论怎么看都只能让人联想到铁栅栏),犯下了连续暗杀两名总统的暴行。别说保皇党,他们就连国王本人都没放过。

---

[1] 铁卫团也被称作"绿衫军",是罗马尼亚的法西斯组织。一九二七年由科德里亚努(CorneliuZeoaCodreanu)建立,原名为"天使长米哈依尔军团",一九三○年改名"铁卫团"。——译者注

在科德里亚努被处以极刑后，继任党首的霍里亚·西马与原国防大臣杨·安东尼斯库将军联手夺取政权，逼迫国王卡罗尔二世退位。就这样，绿衫军的破坏与残杀之风席卷了整个罗马尼亚，就连包括内阁成员在内的知名人士在被捕后都会被立刻杀害。尤其是对犹太人的屠杀行为，用骇人听闻都不足以形容。纳粹德国至少会用行政手段将犹太人强制送往收容所，他们却丝毫不加掩饰，直接在家畜屠宰场处刑。所有地方都化为刑场，他们甚至血祭幼小的孩子，并将他们挂出来公之于众。连德国都受不了这种大肆屠杀的暴行，连忙出面阻止。

安东尼斯库察觉到情况不妙后，与铁卫团决裂，而希特勒也承认他是新政府的代表，这次轮到铁卫团变成被肃清的对象。在这场内战中，布加勒斯特化为一片血海。

这场混乱一直持续到二战结束……后面先不说了，我这次想说的，仅仅只是战时的事。

"那时候您在做什么呢？我看采访里说，当时您投身到了反法西斯的人民运动中？"我用敬畏的眼神看着他问道。

"是啊，不过我也没做什么大事，当时人人都被卷入这场混乱中，不明不白地就拿起了刀枪棍棒。我大多数时候还是在玩乐器，当时我被分到了军乐团，在那里勉强没把手弄脏。"德拉戈米雷斯库似乎不愿想起那段往事，只是含糊地一笔带过。我装作不知情的样子，继续说道："是吗，当时我还没出生，更没法做什么了。"

"没出生是件好事。"他说道，"总之那曾是个残酷的时代。

不，说不定不能用'曾经'来区隔那个时代。希特勒被逼自尽，意大利人亲手吊死了墨索里尼，但醉心于法西斯主义的很多国家都并未采取行动。杨·安东尼斯库背叛了铁卫团，尽管这家伙最后也被枪杀，但霍里亚·西马竟然能安享晚年，这世道真是没救了。"

"是啊，确实如此，"我回答道，"立陶宛从苏联独立，美其名曰是重新夺回了自由，但无人记得他们曾经最鲜廉耻寡地屠杀着犹太人。我顺便问个无关紧要的小事，说不定您……"我停下话头，飞快地说出了一个固有名词，"知道一个叫作——的村子，我听说您也是那里的人。"

一瞬间，我感到对方深陷的眼睛里迸发出不同寻常的光芒。他不动声色地说："嗯……这名字我倒是听过。我已经很久没去过那里了。我常年住在国外，除了短暂地去过布加勒斯特之外，就一直在这里。而且你们年轻人可能不知道，在那个交通不便的年代，我们很少去别的村庄的……"

我打断了对方借口般的话语，说道："其实我爸爸也是在那里出生的，因此我得知了一个很不可思议的传闻，或者说是事实。之前我也借助了很多人的智慧，但最终都没能搞明白……对了，机会难得，我也问问您……不不，您没必要特意站起来，不用给我倒茶，就这样就行，没错，那个传说就是——"

我故作神秘地顿了顿，接着说道："某天，那个村子里的所有人都消失了，没有留下任何痕迹……"

4

"就像出现了20世纪的哈默林的吹笛人[1]一样。不光是小孩，连大人都不见踪影，性质更为恶劣。家家户户的桌上都还放着吃剩的饭菜，厨房里放着烧焦的锅和切到一半的肉，无论是吃饭的人，还是做饭的人，都突然从这世界销声匿迹。

"平日里喧闹的广场上还放着孩子们的跳绳、皮球和空罐子，老人们坐着的阳台长椅上放着当天的报纸和烟斗，家畜们饿得哼哼直叫，水车带动着无物可舂的杵子，发出咚咚的声音。不过也并非所有东西都原封不动地留下来了，金银和粮食全都不见了。

"这样看来，与其说是像吹笛人，倒不如说是像玛丽·塞莱斯特事件[2]，不过和乘客从海上神秘消失这一点不同的是，最后找到了村民们的下落。在联军进驻后，众人在绿衫军的营地发现了大量疑似从村子里搬出的物品，随后更是发现了一个可怕的事实。

1　哈默林的吹笛人出自格林童话《花衣魔笛手》，故事中一个叫哈默林的小镇深受鼠患困扰，此时出现一个衣着鲜艳的吹笛人，能靠吹笛子将老鼠引入水中，但大人们事后拒绝支付报酬。于是那人用笛声引来镇上的一百三十个孩子，带着他们消失在了山附近的刑场。——译者注

2　玛丽·塞莱斯特事件是指一艘名为"玛丽·塞莱斯特"号的船在一八七二年十二月五日离开美国纽约港口后，于一个月后在大西洋上被发现，船上所有的船员都神秘失踪了。——译者注

"突然从村子里消失的男女老少,其实是被铁卫团的绿衫军残忍地杀害了。至于为什么他们会袭击村子,原因自然不用多言。

"不可思议的是,即使铁卫团袭击了村子,为何村子里没有任何抵抗的痕迹呢?从各处留下的痕迹来看,得知法西斯即将袭击村子后,村民们纷纷仓皇出逃,并躲在了某个地方。不过,他们为什么会如此轻易被找到呢?是单纯因为他们不走运,还是绿衫军安插了眼线呢?即便如此,多少也会留下抵抗的痕迹吧。不过,最终没有找到任何疑似的痕迹。让人不禁怀疑,村民们是否因为害怕流血而主动选择了投降。

"也就是说,村民们很快就被找到,并且很轻易就投降了。这些不自然的疑点是近年来才被关注到的,关于此事您知道些什么吗?"

"不,我不知道。"德拉戈米雷斯库猛地摇头,像是要把他那细细的脖子摇断似的,"总之,我刚才也说了,那是个残酷的时代,说不定是有人告密呢?又或者是有人没能逃脱,在几番拷问之下说出了其他人的藏身之处……"

"即便如此,"我继续说道,"也无法说明为什么没有抵抗的痕迹。假设真如您说的那样,那敌方必须要想办法让村民们暴露自己的藏身之地,然后还得让他们毫无抵抗地投降。"

"你究竟想说什么?无论有没有抵抗的痕迹,无论他们后来怎么样了,那都是很久以前的事了。而且这本身就是无凭无据的传闻吧,如果村里的人全都消失了,又是谁去确认这一点的呢,是住在附近的人偶然去了那里吗？"德拉戈米雷斯库不悦地说道。

"没错，确实这已经是很久之前的事了，不过您说这是无凭无据的传闻，我却不敢苟同。因为我父亲当时恰好在场，他是当时村里唯一的幸存者。之后这件事一直折磨着我父亲，让他始终想知道当时究竟发生了什么。"

那一瞬间，原本神色如常的德拉戈米雷斯库的面孔因为震惊和恐惧而扭曲了。

我再次开始说起来。

"最终他放弃了，并将梦想托付给了我。当时，父亲去邻村学钢琴去了。学校的老师不知为何，发现年幼的父亲颇具天赋，在他的推荐下父亲的双亲也让他学钢琴——也是多亏了我的祖父母。正如刚刚您所说的，即使是邻村，也不是很快就能往返的。所以父亲无法知晓自己不在的这段时间里，这里究竟发生了什么。

"等钢琴课结束后，父亲长途跋涉地回到村子，却看到那些熟悉的朋友和玩伴、学校里年长一点的孩子以及更小的孩子走在前头，村民们被绿衫军驱赶着跟在后面。其中自然也有父亲的家人与亲戚，还有附近的大叔大婶，甚至连让自己有机会学钢琴的老师也赫然在列。

"行列中有个认识父亲的人发现了躲在草丛中，正要跟村民们说话的他，然后轻轻地用手指抵住嘴唇。就是这样一个小动作引来了绿衫军的不满，这群铁卫团的恶魔追打着那个人。父亲不知如何是好，只得咬紧牙关，屏息凝神，眼睁睁地看着几个小时前还一起愉快生活的村民们被驱赶着前进。

"终于一行人消失在了村外道路的尽头,父亲如梦初醒,赶回家中,那里已经空无一人。旁边的人家也是,村民们就仿佛突然消失了一般,村里空荡荡的,父亲也是亲眼看见村里并没有任何抵抗的痕迹。

"没过多久,父亲忽然想到,这村子里有个只有村里人才知道的地下礼拜堂,那原本是个天然洞窟,村民们得知铁卫团要袭击村庄,明白他们只会带来掠夺与死亡,说不定会匆匆藏身在那里。也许还能闭门据守,与铁卫团交战。

"那并不是个容易被外人找到的地方。即便被找到,应该也可以以洞窟为据点与敌人决一死战。但事实并非如此,他们轻易地被找到,二话不说投了降,然后被残忍地杀害了。

"至于敌人是如何做到的,父亲也百思不得其解。不过在找出答案之前,自己必须要先活下来,于是父亲恋恋不舍地离开了故乡。幸好最终他活了下来,还有了我这个儿子。"

接下来是漫长的沉默。许久过后,马里乌斯·德拉戈米雷斯库开口道:"真是有趣而令人同情啊……不过这与我有什么关系呢?"

"没什么,很简单。"我飞快地答道,"说不定那日你也在那里,当然不是站在人民这边,而是穿着绿色的外衫,双手高举着那令人厌恶的铁栅栏旗帜。"

他没有回应我的推断。不过于我而言,没有回答就已是他的回答了。

"听完父亲说起此事后,在漫长的岁月里,我偶尔会想起当时发生的事。在这过程中我想到了一个假说,要怎样才能将人们从藏身的洞窟里引诱出来,还能让他们毫无抵抗地被带往刑场。然后,我得到了一个结论——关键在于孩子们。

"恐怕在父亲返回村子时,村里的人已经困守洞穴很久了。由于事出突然,大家没来得及带食物和水。不难想象,这对于什么都不懂的孩子们而言,是一件极其痛苦的事情。如果此时从洞窟外传来了孩子们喜欢的声音,比如在村子间售卖零食时奏响的旋律,会发生什么呢?

"没错,孩子们一定抵挡不住诱惑,甚至连大人们都会放松警惕,没能察觉这是骗局。人们可能犹豫和纠结了几分钟或者几十分钟,最终实在忍受不住黑暗、无聊、饥饿、干渴和困守洞窟的艰苦。等外面传来欢乐的乐声时,悲剧随之发生,等不及的孩子们争先恐后地跑了出去。

"等待他们的并非装得满满的零食车,而是穿着绿色外衫的铁卫团。少男少女们很快就被这群恶魔捉住,然后他们无耻至极地以孩子们为人质,逼迫大人们投降。即使事先做好了心理准备,当被人拿捏住最软弱的部分时,大人们根本无法反抗,只得乖乖投降,最终惨遭杀害。

"但那段旋律究竟是怎样的?又是什么人会用上如此狠毒的手段?答案已经无从知晓。因为这个国家最终没能给予这群杀害同胞、推翻国政的绿色恶魔任何惩罚,不久后又被另一股独裁势力统治。

"然后,时光飞逝,我出生了,并遇见了你的音乐。我不由得被这奇妙的音乐所吸引,但又感到强烈的反感,心中一直充斥着难以名状的违和感。这次我有缘演奏你的音乐,于是仔细研究了你的乐谱。接着我发现了一件事,你的音乐中总是缺少某些音节的连续。

"正如'黑色乐谱'这个别称一般,你的作品里疯狂地塞满了各种音符,看起来过于烦冗,因此才显得怪异。但唯独那段旋律被你巧妙地避开了。至于是什么旋律,事实胜于雄辩,我现在就让你听听吧。"

5

曾有人说过,罪犯都是艺术家,侦探不过是追在他们后面的批评家而已。

原来如此,批评家们只能通过艺术家留下来的音乐论证自己的理论。说起他们与作曲家之间的关系,他们只能通过已经存在的音乐,以及耳朵里能听到的音乐作为线索。换言之,如果一段音乐从一开始就不存在,他们便无从谈起,甚至不会注意到它的存在。

而对于此,像我这样的演奏家——不,可能仅限于我,会彻底分析自己演奏的乐曲,在剖析乐曲的过程中,必须要想象没有在乐谱上呈现的部分。唯有这样,才能彻底理解这首乐曲。

曾经竞相挑战德拉戈米雷斯库的"黑色乐谱"的那些演奏家们,

是否也注意到了这一点呢？正如我刚刚跟他本人说明的那样，这乐曲中缺少了一部分。就像作画必须要有留白一样，缺失的部分偷偷藏在了乐曲里。而为了不让人注意到这种残缺和不自然，他用大量的音符、技巧和理论填满了整首乐曲。

无论如何，我想找到这个问题的答案。那人将父亲的血亲和朋友们如虫豸一样杀害，让唯一幸存的父亲遭受多年折磨，我想听当事人亲口说出真相。

"事实胜于雄辩，我现在就让你听听吧。"丢下这句话后，我没有理会茫然伫立在原地的德拉戈米雷斯库，走向了角落里的钢琴。打开落满灰尘的琴盖，我愤然在琴键上砸出了那段旋律。

那仅仅只是十几个音符组成的曲调，单纯而令人怀念，甚至略带哀愁。谁能想到这段旋律曾经引诱出无辜的孩子们，让他们的父母无力抵抗，并最终夺走了他们所有人的生命呢？

*

"……事情就是这样。之后关于德拉戈米雷斯库的消息想必你也有所耳闻吧，都因为那段往事，最终错失这次演奏的机会，实在是有些可惜。"

不久后，我回到了布加勒斯特，来到雅典娜音乐厅附近的咖啡店里。我为马里乌斯·德拉戈米雷斯库弹奏的那段旋律，其乐谱正是眼前这个男人给的。

"原来如此，我也是第一次收到这样的委托。一开始我还挺疑惑的，也花了不少工夫。"那个专门寻找珍稀乐谱的男人平静地说道，"第二次世界大战时期，在罗马尼亚的某处叫卖零食的巡游商人所播放的乐曲，最后竟然被用来干这种事情。"

"是啊。"我笑着点点头，"但更没想到的是，村里的地下礼拜堂里竟然藏着那些无辜的孩子，他们久违地听到欢快的音乐，跑出去却发现等待他们的是绿衫恶魔，而大人们只能乖乖束手就擒，之后……就发生了那样的惨剧。

想出用这种狠毒的办法引诱出村民的，正是当时隶属于铁卫团军乐队的马里乌斯·德拉戈米雷斯库。不过他应该谢谢我才是，毕竟是我将他从毕生都在逃避的旋律中永远地解放了出来。"

"是啊。"男人静静地说道，"而得到解放的他，最终被关进了三重十字的监狱里。"

为西太后而作的京剧

乐谱与
旅行的男人

1

随着一只大手从戴着红色头巾的头上迅速挥下,车流迫不及待地移动起来。其中有著名的人力车、运货马车,还有见缝插针挤入车流的自行车等。后面还有不时发出叮铃声的有轨电车,也就是路面电车。

说到这条连接着上海赛马场和外滩,全市屈指可数的主干道——南京路,这里可不只有这种不起眼的小车,还不时能看到杜森伯格的运动跑车、凯迪拉克的豪华轿车旁若无人地从车道上驶过。

然后,那只手又刷地抬了起来,车流不情愿地立刻停下。接着,身着各种服装的人潮开始穿过街道。有人头戴呢制礼帽,身穿黑色长袍,也有人戴着头盔,穿着中山装。西装笔挺的白领在人群中格外醒目,当中还有将辫子藏在圆形瓜皮帽下的老头。

不,真要说起时尚的主角,还得看女人们。旗袍美女身姿妖艳,一身旗袍上绣满了华丽的刺绣,摩登女郎们踩着清脆作响的高跟鞋。而走在这华丽的人群最前方的,是身着糅合了中西元素的校服,扎着马尾辫的女学生们。只有在上海才能看到的印度交警在高处眺望着往来的人群。他们身形高大，专门负责指挥交通，一挥手一吹笛之间，就能指挥行人来去自如。

正当人群与车辆动静再次互换时……

"卡！"

从头上突然传来一声大喊，一切戛然而止。

俊男美女以及在场的所有人都站在原地不动，明明刚刚还到处都是喧哗声、脚步声、喇叭声和引擎声，此刻却一片寂静。不，陷入寂静的不光是在古老的南京路上往来的人群，围在外面的人也咽了咽口水，望着天上突然传来声音的方向。

在经过一阵焦急的等待后，天上的声音高声说道："OK，很好！拍得很漂亮，大家辛苦了。好，接下来休息三十分钟。"

摇臂前端的椅子上传来了卫强国导演的声音。

大家纷纷松了一口气，随后掌声稀稀拉拉地响起。刚刚还在南京路上聚集交汇的人群也四散开来。

无论是明星还是群演，此刻都长吁了口气。毕竟那可是对细节要求极其严格的卫导演。无论是花了多少时间和金钱拍出来的场景，一声"卡"之后，他时常会毫不留情地宣布再拍一条。让演员提心吊胆的情况也屡见不鲜。

曾被喻为"东方好莱坞"的上海影视乐园作为拍摄基地和主题乐园，让人回想起无数电影工作室涌入上海，寻求表达自由和前沿风格的那个时代。其中，再现了古代中国风俗，尤其是重现租界繁华的造景格外出名，而那一字排开的石制摩登建筑，以及有路面电车驶过的南京路更是这里压轴的景点。除了剧组使用这里进行实景拍摄外，前来参观拍摄和体验模拟时光的电影迷和游客也络绎不绝。

眼下这里正在拍摄一部以有着"魔都"之称的旧上海租界为舞台的悬疑动作电影——《淡出档案》，故事发生在晚清到现代期间。拿着大喇叭的卫强国导演被誉为中国新传奇派电影的旗手，是拍遍了古装剧、犯罪动作片、超级英雄奇幻电影的著名导演，同时对我而言也是几十年的老熟人和工作伙伴。

"哟，九宝，那个东西怎么样了？"从摇臂落到地面的卫强国一看到我就突然问道。顺便一提，"九宝"这个名字是因为我那在日本稀疏平常的名字"久保"在中文里听起来很喜庆，所以才给我取了这么个爱称。

连声招呼都不打就直接发问，他解释说"这就是打招呼"。这人总是这样，满脑子奇思妙想，总是冷不丁地提问。

这次也不例外，但他的描述十分含糊。因为我受托去寻找和处理的事情实在太多，而他又未予以详细说明。不过，要是每次都感到茫然，实在是浪费双方的时间。毕竟作为全球知名的导演，他也没必要专门和我这个日本导演合作。于是我随意猜测道："啊，是那个啊，就是之前说的晚清的……"

尽管合作了很多年，但我依然没办法准确猜出他的用意。不过这次的电影以近代中国的动荡时代为背景,晚清民初的文物也与故事本身存在关联。

"对对,就是那个,西太后的剧,那件事最后怎么样了?"

啊,原来他说的那个东西是指的这件事啊,我暗自点头,同时在心底露出了会心的微笑。考虑到这次电影的背景,必然会提及那个绝代恶毒的女统治者。其他人可能不知其中缘由,我先来说明一下吧。这里的剧指的是Peking Opera,也就是京剧,不过西太后并非其中的登场人物。

"毕竟那个老太婆在我的祖国肆意妄为,权势熏天。而这是她自己写好原作,请当时一流的艺术家作词作曲,挥霍无数钱财后仅仅只演给自己看,不准其他任何人观看的戏曲乐谱。虽然也可以找现代音乐家制作全新的戏曲,但没什么比能见到实物更好的吧。"

哎呀,他居然主动解释起来了。我刚刚也说了,这个人连简单的沟通都嫌浪费时间,这次倒是帮我省了解释的工夫。

西太后所钟爱的剧本,这次他又盯上了不得了的东西。这人托我找过不少东西,有时怎么也找不到令他称心如意的那个,而这次更是异想天开。

据说西太后喜爱京剧,她保护演员的做法也十分有名,这成了她为数不多的功绩之一。本以为能够找到些资料,但事情并没有这么简单。

为什么拍电影需要这种东西呢?因为无论是政治还是文化上,

在当时动荡的中国,尤其是处于动荡中心的上海,这本乐谱都是各方竞相争夺的对象。当然,这只是剧本上的设定。卫强国每次都语焉不详,说法也不一致。似乎在这旋律中隐藏着大清帝国的重大秘密——可能是巨大财宝的藏匿之处,可能是关乎世界命运的预言,也可能是唤起民族反抗意识的话语。这似乎是一部希区柯克派[1]或是麦高芬[2]风格的作品,具体内容会随电影拍摄进行修改。

总之,面对对方长年以来超越国籍的信任,我自然想帮忙实现他的愿望,但事情的进展并没有那般顺利。

"嗯……这个嘛,实在是太异想天开了。别说是京剧了,就连专门研究西太后的学者都说,要是真有这种东西,一定要告诉他们,结果还反而拜托起我来了……"

"是吗?"卫强国直率地说道,像个耍脾气的小孩子。

他总是如此,我观察了一番他的表情后说道:"话虽如此,我还是尽力找到了,而且预计今天就会送过来。"

听完我轻描淡写的话语,他显得十分激动。

"真……真的吗?"他的模样宛若一个同时收到压岁钱和圣诞礼物的孩子。看着他充满好奇、兴奋不已的表情(这也是我和他一起工

---

[1] 希区柯克是美国著名的电影导演,原籍英国,擅长于拍摄惊悚悬疑片,被誉为"电影界的悬疑大师"。——译者注

[2] 麦高芬(英文:MacGuffin)是一个电影用语,指在电影中可以推展剧情的物件、人物或者目标。——译者注

作的乐趣之一），我不禁心想，也许他偷偷潜入电影院，迫不及待地等待电影上映时，也是这种状态吧。

2

卫强国出生于香港，身为电影导演的同时，也担任电视编导和其他各种影视制作人。在中华人民共和国成立后，他父母在香港生下了他。当然，香港回归对于他而言已经是许久以前的事了。

他从学校毕业后，作为一个小工作室的学徒进入电视台，之后渐渐崭露头角。他召集了一群在别的片中只能演打戏的年轻群演，仅凭着自己对武打和艺术指导的独到见解，导演了一部超低成本的功夫电影，没想到这部电影竟然大爆冷门。

随后，在亚洲各国的电影飞速发展和升级的浪潮中，他连续导演了几部大作和话题作品，甚至收到了内地的邀请。同时，他积极与日本合作，因拍摄以中国为舞台的和风漫画《战国狮子传》偶然与我相识。

他曾作为"日本动漫改编大王"而名噪一时，因拍摄以祖国传统志怪传奇作品《五异》过程中表现出的画面之美，在拍摄以郑成功为主角的《明清疾风传》时展现出的残酷战争场景，以及拍摄古代浪漫电影《虞初传》时采用的细腻艺术手法而广受关注。这次的《淡出档案》是他在凭借轻松的少女动作片《校园女孩特快专线38》闯荡好莱坞并获得不俗成果后的凯旋之作,也是我们这对组合久违的复活之作。因此即便他的想法很荒诞,我还是想实现他的愿望,好在结果并未令他失望。

"那人似乎专门从事寻找那些被埋没了许久、无人知晓的罕见乐谱的工作,我回日本之后经人介绍找到了他,不过没想到对方这么快就有了回应。"听到我的话,他连连点头,然后抬起头对我说,"其实九宝,我啊,确切地说是我祖上的人和西太后稍微有点关系,而且是不便对外人说起的那种,所以我想着有朝一日也能对人说起这个,算是一种赎罪吧。关于这件事……我已经跟你说过啦?是这样吗?"

卫强国作为一个现代人,而且还是个卖座的导演,为什么要为已经过世的西太后赎罪呢?这件事在我接受他的委托时就听他详细说过了。

一九二八年,也就是"民国"十七年,位于当时河北省遵化县的清东陵遭到了国民党大规模的盗掘。数次归降又数次背叛国民党的土匪军阀孙殿英当时作为国民革命军第六军团第十二军军长,借驻扎在沈阳以东清代陵墓附近之便,盯上了墓中的陪葬品,而高宗乾隆帝的裕陵和西太后的定东陵更是遭到了严重的盗掘。

虽是陵墓,但每座都有着广阔的面积和地上地下两层建筑,总共耗时六年,在光绪五年时以东西两太后陵并列的方式完成了建造。当然,这是在西太后生前修建的。

不过东太后早早就去世了,手握政权的西太后以其陵墓年久失修为由,又下令进行大规模扩建。就这样,这座陵墓前后耗时长达十三年,花费了一百五十万两白银,在主殿隆恩殿和东西两配殿中使用了大量珍贵的金丝楠木和黄花梨木,同时奢侈地装裱上大量黄金装饰。这座超过历代后妃墓葬规模十几倍的陵墓最终在二十世纪初的光绪三十四年建成。

讽刺的是,也是因其规模宏大,这座陵墓首当其冲地成了盗掘的对象,同时也足以证明当时的国民有多憎恨她。当然,盗掘行为毋庸置疑是可耻的罪行,是对文化和历史的亵渎。

为便于士兵出入,定东陵在盗掘中被炸毁了一部分。据说当时士兵们打开棺木后,发现西太后的遗体并未化成白骨,而是保持着刚死去的样子,她的遗体也因此遭到了凌辱。

盗匪们开棺扬尸,盗走了遗体上用金线穿了二百零三颗玉珠的被褥和绣了三千七百二十颗珍珠的被子,为了防止衣服中藏有珍宝,尸身的衣物和鞋袜都被尽数剥下。盗匪用刺刀撬开了慈禧的嘴巴,抢走了在她死后放入她口中的名为"夜明珠"的巨大黑色珍珠,并在掠夺后,让慈禧的尸身暴露在外。

此外,盗匪们还夺走了一万两千六百零四颗硕大的珍珠、八十七颗宝石、用各色翡翠制成的栩栩如生的玉石莲花与莲叶、两件翡翠西瓜和十件碧桃,还有用各色宝石制成的李、杏、枣共计二百件,以及一百零八尊金银佛像,甚至这些宝物用了几十辆马车才得以全部搬走。而作为小兵参与这次掠夺的,正是卫强国的曾祖父那辈人。

听他父母说,先祖并没抢到什么稀罕宝贝,毕竟他对盗墓这种遭天谴的行为本身没什么兴趣。不过,这也只是他本人的说法而已。

实际上他的先祖并未从定东陵空手而归,当时的宝贝也在卫家流传下来。可能是为了维护先人吧,据说他并没有参与盗掘,只是心疼那些被其他士兵认为毫无价值而随意丢弃的宝贝,偷偷捡回来了而已。

可能是因为事情发生在动荡的二十世纪,听上去有几分故事的成分,也带着几分血腥,像是卫强国随口胡编的恐怖故事。但事实并非如此,拜托我去寻找乐谱时,他将先祖带回来的那件实物给我看了。

"这便是那个,我想着能不能在这次电影里做个差不多的小道具,就从家里带过来了。"他边说边展示给我看。说是丝绸,但看起来不过是一块毫无特点可言的薄布,透过光能看见上面闪闪发亮的纹路,倒是件有趣的东西。

"听说这块布当时被盖在西太后身上。在孙殿英的部队看来,这块薄薄的丝绸当然比不上绣着珠玉的被褥,虽然丝绸也能卖出几个钱,但在堆积如山的财宝面前,拿走它显然是浪费工夫。因此我先祖就把这个带回了家,之后我父母把它传给了我。"

事情便是这样。说起来这也是件命运多舛的物件,不过一想到是那狠毒老太婆的东西,而且还是盖在她尸身上的,说实话倒也没觉得多可怕。

嗯？我的眼睛突然抽动了一下。有那么一瞬间，我似乎看到了什么。

我好像看到了汉字数字四或者五，或形似"工"的文字。我眨了眨眼睛，又仔细看了看，这次似乎没什么变化。可现场没有这种文字，也找不到什么让我产生这种错觉的原因——除了卫强国手里这块薄薄的古老丝绸之外。

正当我凑近它，想要确认清楚时，卫导演迅速地叠好了那块布，放进了一个小盒子里。

"不行，我要说什么来着……对了，我因为这事想到了西太后，然后突然想起了这块薄薄的丝绸，接着说起了我先祖可耻的行为。"

"所以，"我问道，"你原本想说的是和西太后有关的事吧？"

"没错，其实我这次有个一定想加入电影中的元素或者说想法，那便是'西太后的京剧'。"

我立刻明白了卫导演想拜托我什么。

"西太后的京剧？"我不由得重复道。卫导演笑着说道："没错，确切说来是为西太后而作的京剧。"

就这样，我开始受托寻找卫强国口中"西太后自己写好原作，请当时一流的文人和音乐家作词作曲，挥霍无数钱财后仅仅只演给自己，不准其他任何人观看的戏曲乐谱"。

乐谱与
旅行的男人

3

对于将乐谱带来的男人，我几乎一无所知。

我靠自己的关系或者请人打听，才最终得知了这个男人的存在。不过我并不知晓这次的委托是如何传达给这个男人的。反正那个为了寻找珍稀的乐谱而在全世界旅行的男人，亲自将乐谱送给了身在上海的我。他很轻描淡写地通知我说找到了乐谱，我甚至都有些失望。不过光是想象卫强国惊喜的表情就已经很令人期待了。

当我实际拿到乐谱时，无论是古旧的纸张，还是手写音符的褪色程度，都仿佛在告诉我，这东西已经有百年以上的历史。令我有些意外又略感遗憾的是，这乐谱用的是西洋音乐的记法，也就是我们平常见惯了的五线谱。

其实我并不知道京剧的剧本和乐谱原本是以什么方式记谱的，中国音乐最早可以追溯到孔子时代以前，因此一定是有独特的记谱法，当然我完全想象不出它究竟是什么样的。不过正因如此，我反而可以漫无边际地发挥想象。出于职业习惯，我特别重视音乐的美妙性。如果是西太后的乐谱，那一定是离奇古怪而难以理解吧。

当然，这只是我的臆想而已。无论是京剧还是其他艺术形态，中国在很早之前就已经开始广泛使用西洋的记谱方法。晚清时期人们向外国的音乐教师学习，并用这种方法作曲。即便如此，中国也不是一开始就用的是五线谱。

"恐怕这京剧一开始是使用传统中式记谱法作曲,其中最具代表性的是工尺谱[1]。用汉字和数字表示音阶,之后又重新抄录了一遍,于是才流传了下来。不过这是在中国以外的地方找到的。"

原来如此,如果要用在电影中的话,再写成工尺谱就行了,而且还可以再委托那个男人去找原本——出于职业意识,我开始思考过程,边看乐谱边说道:"原来如此,那关于这个内容……"尽管这要求有些强人所难,但因为这份乐谱写得简单易懂,我脑海中很快便浮现出了京剧特有的华丽舞台。

虽然能看懂乐谱,但其中的歌词和台词我几乎完全看不明白,就像是让一个刚接触日语和日本文化的中国学生看歌舞伎的剧本一般,并不是那么容易看懂的。因此,我很快便放弃了。解读的工作还是得交给将乐谱拿给我的男人。于是我向他请教了一番。

"没什么,就是很常见的爱情悲剧。有个美丽又聪明的女孩,她身份高贵,手握权力与财富,遇见了一个孤独的贵公子,两人很快坠入了爱河,但二人的幸福时光却未能持续下去。

"此时出现了一个拥有巨大权力的圣人,这位圣人被描写得高贵而充满慈悲。但在正常人看来,她的行为邪恶而残忍,给人一种极其

---

[1] 工尺谱是中国汉族传统记谱法之一。因用工、尺等字记写唱名而得名,源自中国唐朝时期,后传至日本、越南、朝鲜半岛等汉字文化圈地区,属于文字谱的一种。——译者注

诡异的感觉。

"最终正是这位圣人让恋人们的命途急转直下。说实话，明明是她一直阻挠这对恋人，令他们苦不堪言。但剧中像是在宣扬她的做法才是正确的。恋人们尽管彼此相守，拼命抵抗，还是被迫分开了。最终因为他们的愚蠢和放纵——尽管我完全不这么认为——而遭到了报应。

"故事的最后，那个少女被打入地狱，贵公子也随她而去。那位圣人守护着他们，并将自己的慈悲赐给了他们……就是这样一个故事。"

我一时愣住了，随后对男人说道："哦，这可真是……传统的中国人喜欢的皆大欢喜的结局。即便正义之士原本死于非命，才子佳人命途多舛，都会强行改编成正义最终获胜，恋人花好月圆，这种结局倒是少见。不过西太后会喜欢看这个吗？"

"关于这一点，"男人回答道，"我也是听少数看过这个京剧的人以及听过一些传闻的人提起过，这有可能是西太后自己的爱情故事，虽然我一点也不相信。"

"西太后自己的……爱情故事？"我惊讶地向前探出身子，无论男人信不信，这都勾起了我强烈的兴趣。男人点点头，接着说道："西太后的父亲是个地方小官，关于她的出生地众说纷纭。有人说是安徽省或者山西省，也有人说是蒙古的。不过由此也可以看出，西太后的家世非常普通，不值得专门留下记录。

"在西太后虚岁十七岁那年,她在三年一度的选秀中被选中,作为候选后妃进入了清朝第九代皇帝咸丰帝的后宫。当时已经被选为皇后的是曾经和她同为太后,最终被赶下台的女性,也就是后世所称的东太后。

"第二年,她的父亲被卷入太平天国的动乱之中,由于疲于应对,最终心力交瘁而死。她无家可归,在宫中又无人依靠,最终孤身一人的她只能凭借自己的智慧、才能和美貌在宫中活下去。

"终于,她用尽各种手段得到了咸丰帝的心,并生下了他的孩子,这孩子便是第十代皇帝同治帝。一步步手握实权的她,最终走上了充满阴谋和伪装的道路。至此不知她是否曾后悔过,比如在进宫前她是否爱过什么人,是否曾有定下过婚约的对象,是否经历了痛苦的离别,最终成了紫禁城中之人?"

尽管男人的语气极其平淡,但内容却引人入胜。是啊,如果乐谱中记载的真是西太后自己的悲恋呢?在人生的晚年,将此生唯一的爱恋编成故事独自欣赏……西太后这位女性的形象不就一下改变了吗?因为顽固、贪权、手段残忍,她屡屡成为被后人指责的对象。在她这种心性的背后,似乎能窥出几分缘由。

无论如何,这种感觉真的很美妙。西太后专注地看着用京剧重现出的、自己年轻时经历过的悲恋……

这可得早点告诉卫导演。不过要是他因此产生了奇妙的灵感而要求全面更改电影的构想,那多少就有些麻烦了。

乐谱与
旅行的男人

正当我思考着这些时,带来乐谱的男人起身就要离开。

我明明还有很多问题想请教,怎么就没阻止他,而是看着他一阵风似的走掉了呢?

"啊,对了!"在离开之际,男人突然回头说道,"虽然我的话只会让你徒增烦恼,但这京剧乐谱似乎还有后续。"

"后续?"面对我下意识的反问,男人露出了一丝不可思议的微笑。

"是啊,从这乐谱来看,故事到这对恋人最后被分开,双双受到天罚就结束了,但这并不是结局,其实后文为这恋人还准备了一幕,但这绝不能公之于众。它已经名副其实地失传了,不光不能演,甚至这结局都不能被写出来,不能被世人所知晓——尤其是不能被西太后看到。"

"这是怎么回事?这京剧不是为了西太后所写,只供她观赏的吗?为什么不能被她看到呢?"面对一头雾水的我,男人露出了谜一样的微笑,又解释道:"这我就不知道了。不过唯有一点可以确认,那就是没有人见过真正的结局,而且据我所知,这世界上没有任何痕迹证明它存在过——至少以人们所知晓的方式。"

啊,不好,到时间了,那我就先告辞了。如果还有什么委托请吩咐我……不过刚刚提到的乐谱的终章,请恕我先说句无能为力了,再见!"

4

　　之后的拍摄安静得不同寻常。从需要使用很多群演来拍摄的室外戏份，变成了紧张的室内戏份，场地也变成上海租界某栋洋馆的房间内。剧情中出现了一个未曾想到的人物，她出人意料的证词让本来错综复杂的案件被抽丝剥茧地解开，从某种意义而言，这也是非常体现导演功底的一幕，难怪刚刚还在摇臂上闹腾的卫强国此刻也沉默不语。

　　虽然其他的演员不清楚，但我心里知道，他一定在想刚刚的乐谱。与其说是思考乐谱，不如说是在寻思这出京剧的意图、西太后这个女人的想法以及永远从世界上消失的禁忌的最后一幕。

　　"卡……"

　　卫强国用比刚才小一些的声音宣告暂停拍摄，让众人休息后，回过头，用略带疲惫的眼睛看着我说道："我说，九宝，关于那个乐谱……"

　　他果然与我谈起了这件事，而我也因此知晓了他角度清奇的想法。

　　"我一直在想你所说的京剧……那真的是西太后自己的爱情故事吗？一生热衷于挟势弄权，让无数人陷入不幸的女人，真的会怀念在走上权势之路前年少时期梦幻的爱情吗？"

"你想说什么？"

"把乐谱带给你的男人也说不信。关于西太后独自欣赏的这部京剧，总让我想起一些别的事，可能因为我是中国人吧……"

他的话令我不禁心头一颤，仿佛在对我说，有些事日本人是无法领会的。

"那你想起了什么呢？"比起自己工作的不到位，我更好奇这位奇才导演会做出何种解释。于是，我下意识地探出身子问道。

"那是一个在这个国家无人不知、无人不晓的爱情悲剧，是一对命运悲惨的恋人被强行分开的故事。故事的主人公是清朝第十一代皇帝，德宗光绪皇帝——爱新觉罗载湉，和他此生唯一爱过的名为珍妃的女子……"卫导演一改原先连珠炮似的语气，用略有些奇异的口吻说道，"因为堂兄同治帝过世，光绪皇帝年仅三岁就即位了，而在他身后一直有个影子，那便是先帝之母，也就是他的姨母——西太后。她以垂帘听政为由，手握实权，独断专横，清王朝在她的统治下国力日渐衰退。在光绪皇帝十六岁时本有机会亲政，但西太后在官中多番运作，最终没有让出实权，光绪皇帝依然只是她的傀儡，而他唯一的慰藉，便是他的侧妃——珍妃，因为她的存在，光绪皇帝勉强能保持人性的温暖。最终光绪皇帝不堪忍受祖国日渐凋敝，甚至在与日本这种小国的战争中战败，因此在官中和民间维新派的支持下，光绪皇帝实施政变，力争推行政治改革。

"他修改大清帝国宪法，对教育和官吏选用制度进行全面改革，并推行产业振兴措施——旨在一朝改变落后了几个世纪的帝国，但这大胆尝试却遭到了保守派的反对，而保守派的核心自不用说便是西太后。随着袁世凯起兵叛变，光绪皇帝也遭到了幽禁。作为将自己的侄女强塞给光绪皇帝做皇后的西太后，自然非常憎恨他深爱的珍妃。在光绪皇帝被幽禁之际，二人自然也被生生分离，就这样，仍身处帝位的光绪皇帝便开始了他的囚笼生活。

"两年后，义和团运动爆发，八国联军攻打北京，西太后从紫禁城逃亡西安时也一并带走了光绪皇帝。同时，为了断绝他最后的希望，西太后将珍妃投入井中杀害。

"之后，光绪皇帝苟延残喘了八年，浑浑噩噩如同行尸走肉一般。直到光绪三十四年十月二十二日，西太后才过世，而光绪皇帝在她过世的前一天也与世长辞。不过，也有人说是西太后知道自己大限将至，为了不让光绪皇帝活到自己死后，就出手毒杀了他，事实上，从光绪皇帝的遗体也中检出了超过正常量百倍之多的砒霜。他死后，末代皇帝溥仪继承了帝位，很快清朝覆灭，而成为孙文一手创立的'中华民国'的第一任大总统的，正是让光绪皇帝和珍妃身死情断的叛徒——袁世凯。"

"喂，等等！"我慌忙问道，"那西太后不就相当于把因为自己而痛苦分离，最终还被她杀害的二人写成了京剧，供自己观赏吗？这出戏原来是用来镇魂的……难道她在反省自己对光绪皇帝和珍妃的所作所为，并为此感到懊悔吗？"

听到我的话，卫导演露出了一丝我从未见过的、略带悲悯的微笑。"九宝，可能因为你是个日本人吧。你太天真了，实在是太天真了。根本不是这样，西太后不会反省自己，而这也不是什么所谓的镇魂。"

"怎么回事？"

"你还不明白吗，西太后完全是乐在其中。因为两人背着她偷偷相爱，还试图阻挠她，所以她要让二人遭受天罚，无论生前死后，都要受尽地狱般的折磨。"

"怎……怎么会！"

"有什么可惊讶的，这故事中不是出现了一个让二人遭受严厉惩罚的圣人吗？那就是西太后她自己，她让周围的人称她为'老佛爷'，认为自己即是正义，心怀无限慈悲，引导着愚人们，时而降下严厉的惩罚，是体现这世间因果报应之真理的至高无上的存在，这一点不是在这出剧里展现得淋漓尽致吗？"

"原来如此……"我目瞪口呆，震惊到久久不能平静。因为我根本没注意到这样明显的事实，还以为被称为绝世恶女的西太后也有温柔而脆弱的一面，而现实毫不留情地摧毁了我天真的臆想。我仿佛听到西太后带着明显的恶意，高声嘲笑我这般天真的想法，我顿时对她感到厌恶和反感。虽然并没有什么物证，但这样明确的心理证据摆在眼前，也无须再证明什么了。

再次想象那场面，我发自内心地颤抖起来。在紫禁城或是她晚年居住的颐和园内，在没有一个宾客的情况下，召集一群演员和乐士，上演这出秘密谱写的京剧。就像一只忘不了虐杀老鼠的快感的猫，反复重温当时的情景。不光如此，她还不断用自己的尖牙和利爪撕扯猎物。这简直是非人之举，这才像是西太后那个女人会做出的恶行吧。

那么最后一幕写的是什么呢？甚至不能让她这个唯一的观众看到的内容是什么呢？思来想去的我看了看卫导演的侧脸，暗暗有些吃惊，他恐怕也在和我想同样的事情吧。

不过无论是什么场景，无论自己处于什么状态下，卫导演都不会对电影表现放松要求。后来拍摄进展得十分顺利，终于拍到了重要的结束场景。

那是一位从清朝末年一直活到本次电影故事发生的年代的女性，以类似狂言的形式，通过个人独白，对故事进行解说。演绎这个角色的是一位在中国很有人气的年轻女演员，她在伦敦的演艺学校磨炼演技，无论少女还是老妇，甚至有时连男性都能信手拈来，是备受期待的新人演员。遗憾的是在日本，无论是电影还是电视作品中，拥有这等资历和演技的演员反而会遭到冷遇，无法获得应有的地位。今后我和他的作品也会因为使用演员的不同，而产生令人绝望的差别吧，我不禁深深担忧起来。这个先按下不表，总之这名女演员进入布景时，气氛稍微有些异样。无论是现场的工作人员还是其他群演，都发出了惊叹声。我也不由得有些惊讶。

只有卫导演不同于众人，他似乎还在想着那件事，仿佛透过女演员注视着某个遥远的地方。

特效化妆着实厉害，明明演员本人还不到三十岁，她挺拔的背却变得佝偻，秀丽的容颜也被干瘪的皮肤和无数皱纹覆盖。虽然知道这是特效化妆的作用，我还是为演员模样上的巨大变化而感到震惊。

为什么要化老年妆呢？因为这是在时光飞逝后，站在现代回顾过去，俯瞰全剧的一幕。她要作为一众登场人物中唯一活到现在的人，亲口讲述那不曾书写的真相，揭开不为人知的暗线的一幕。

这部电影主要设定在二十世纪三十年代，在房屋和装饰没什么变化的情况下，同样的人物突然以超过百岁的姿态出现，通常表示时间已经过去多年。不然会让人误以为她是出生于十九世纪上半叶的人。

此时，我还没有注意到某种奇妙的巧合。

"好，那准备开始了，这次我们一条过。这一幕的剧情很长，你会变成她，讲述在历史中她所见到的一切，讲述那些不为人知，不，甚至连主人公自己也不甚知晓的、被隐藏的真相……能演好吗？啊，那可太好了。

"好，那就这样开始吧，录音部门准备好了吗？摄影导演能拍多少拍多少，在我说话之前都不要停……好，准备好了吗？那么准备……开始！"

伴随一声号令，场记板被拍响。接着，在明亮的光线中，在众人的目光下，一场白日梦拉开帷幕。

5

由于故事发展实在离奇，现场没有任何人上前阻止。

"你们找到了那京剧的剧本啊……那里面有个天大的秘密，尤其是关于哀家的一切，每一句唱词，每一个顿挫的曲调，都饱含着哀家的想法。绝不允许任何人忤逆哀家，即使死后去往极乐净土，哀家也绝不原谅他们，要永远诅咒他们。"

在场的所有人都呆若木鸡地听着扮演老妇的女演员的独白，有工作人员拼命翻找剧本，显然这次的电影中不可能出现这种台词。

这究竟是怎么回事？

我环顾四周，发现工作人员和群演们要么目瞪口呆地看着，要么目光游移，不安地交头接耳。他们中有几个人看着端坐在导演椅上的卫导演，不过卫导演却一动不动。

作为现场的总负责人，他没有发话，因此谁也没有上前阻止。

卫导演究竟是何用意？

我不由得望向多年合作的老伙伴，他似乎注意到我的视线，轻轻点了点头，但除此之外，再没别的反应。那点头是什么意思？他似乎在说，"行了，先看着吧。"既然如此，我也没必要再做什么。

没听见喊"卡"的声音，摄影机仍在拍摄着，而那个女演员也并未停下她怪异的表演。

"不过，居然有人在最后加了多余的一幕，居然有人给这完美的故事加了个意想不到的结局，若是知晓这件事，哀家必会将其处以极刑，株连九族。最终哀家到死都一无所知，偏偏……偏偏……"

一阵泣血般的叫喊过后，可怕的寂静降临，布景中只能听到摄影机驱动的声音。

"喂，再怎么说这也太……"我悄悄走到卫导演身边，对他低声耳语道。然而下一秒，卫导演从导演椅上站起来道，"果然那不是你自己的故事，而是举国皆知的那段奇恋，是那被邪恶之人生生分离、命运多舛的恋人的悲歌……而那个邪恶之人便是你自己吧，西太后陛下！"

"没错。"不知年岁几何的老妇人答道。二人的对话怎么看都很怪异，但没有人指出这一点。不光如此，面对这稀世罕见的奇妙对话，所有人理所当然似的咽了咽口水，静静看着。

"哀家绝不原谅那对背叛了哀家的男女，更不能原谅的是，他们体会到了哀家从未体会过的爱情。因此，即便紫禁城因为义和团暴动而陷落，哀家也没忘记下令将珍妃那个女人投入井中杀死。毕竟也不能将哀家的皇帝外甥一直关着，但如果将他们带出了紫禁城的宫墙，二人恐怕会重逢，至少哀家的皇帝外甥心里是这样盼望着的，因此哀家杀了那个女人，掐灭了他那渺茫的妄念。

"一切进展得很顺利，光绪皇帝也堕入了绝望的深渊，年纪轻轻便成为废人。但哀家仍不满意，于是召集了曾经赞誉有加的演员和文人，写了一出让二人永远受到惩罚，再也无法重逢的故事。

"不过没过多久，哀家大限将至。在即将辞世之际，哀家下令给外甥喂下砒霜，这反而是哀家对他的慈悲。就这样，哀家的人生也走到了终点。不过……不过，为什么又会发生那种事？"

女演员，不，老妇发出了悔恨的呐喊声。在所有人都因异样的恐惧和战栗而呆立在原地时，唯一冷静的卫导演逼问道："怎么回事，你说的'那种事'是指的什么？"

"那……那是……"老妇人无比傲慢的声音中掺杂着一丝恐惧与困惑。

"说吧，是什么？"卫导演语气粗暴地步步紧逼，我脑中突然有什么一闪而过。我对他耳语道："那个怎么样了？"

"那个是什么？"面对我的低语，他如梦初醒般地问道。我继续说道："就是你先祖带回来的小礼物！"

卫导演瞬间反应过来，对旁边的工作人员尖声命令道："把……从……拿来，马上！"

工作人员按照他的命令快速离开又折返回来，将那样东西交给了他——那块古怪的薄布。

"你是说这个吗？不过这究竟是什么……如果那女人果真就是西太后，那这块布确实放入了她的棺椁中……"

没等卫导演反应过来，我接过工作人员递来的薄布，粗暴地在他面前展开，"看！你一个中国人总比我更懂吧，你看看这丝绸里密密麻麻编写的文字！"

这时，现场的人齐齐发出了无声的呼喊。不光是卫导演，在场所有人都看到了——一片平平无奇的布料在晃动间，其表面在明亮的光线下映照出了无数文字。

"是工尺谱吗？！"卫导演声音干涩地喊道。现场也配合似的传来几声叫喊声。

工尺谱从低八拍的So开始，依次用"合、四、一、上、尺、工、凡、六、五、乙"这些汉字表示"La、Si、Do、Re、Mi、Fa、Sol、La、Si"这样连续音阶上的音符，再高一个八度就加上人字旁，同时添加"、"和"O"来表示节奏，而这片薄布上密密麻麻记录的，正是剧中的唱词。

这上面究竟是什么内容，作为日本人的我全然不知，而其他人和我也差不多——唯独除了卫导演。

"没想到这块薄布上还有这样密密麻麻的文字，我先祖和我父母都没发现，不过我现在能看懂，能看懂啊。是吗……老太婆，这就是你一个人秘密欣赏的京剧的后续，就是那原本应该永远遗失的一幕。"

听到这话，我震惊得无法动弹，而卫导演的话却比以往更多了。

"这里写的是，被残酷的命运和死亡分离的光绪皇帝和珍妃复活了，他们在鸟语花香的如画美景中漫步、交谈，他们辞世之日还远在很久之后。邪恶势力已经被抹除，他们的前路再无一丝阴影，这才是真正意义上的，为西太后而作的京剧……

"可能是文人怜悯剧中被诅咒、被践踏、被嘲笑的光绪皇帝和珍妃，在始作俑者死后，悄悄添了一笔。正式作品作为西太后生前挚爱之物，被改写成了西洋乐谱，流传后世，唯独这个结局却绝不可出现在世间。但作者不忍心就此放弃，无论是京剧、小说，还是电影，都必须有人观赏、有人阅读才有价值，这结局的一幕也是如此。因此不知名的文人怜悯二人，将这一幕织入这片薄布之中，送到了最应该看到这个结局的人身边。用这块布包裹住那个人的尸身，为的就是能让她永远听到这个让她讳莫如深的结局！"

原来如此！我一时间分不清现实与幻想，不由得呢喃道。卫导冷不丁地抓起那片薄布，朝老妇走去。

"没想到阴差阳错之下，二十年后你被开棺扬尸，而这块布也在机缘巧合之下传到了我家，今天机会正好，我将这先祖拿回来的薄布，连同上面刻画的故事一同还给你！"话音刚落，他不给老妇反应时间，朝着对方冲过去，将薄布盖在她头上。

瞬间，时间停滞了，就像是胶片被卡住的放映机一样。一切都停止了，周围陷入了可怕的寂静之中。

这一切只发生在一瞬之间，接下来仿佛是为了将流逝的部分追回来似的，无论是人还是物都飞快地动起来，模拟信号的声音疯狂响起，震耳欲聋。

等我回过神来时，发现自己还在原来的拍摄现场，唯独那个老妇的身影不见了。而她原本所在的位置上，那块薄布摊在地上。

"这……这是……"我终于能开口说话时，不曾想听到一个开朗的女声，一位女性进入了布景。我被她与刚刚那个老妇别无二致的装扮吓了一跳，但很快就明白她是电影的演员之一、已经完成了特殊化妆的百岁老妇的扮演者。

"抱歉，我来迟了，"女演员的声音与她老态龙钟的外貌毫不相符，她几次低头道歉道，"这个妆化了好长时间，因为要画这么多皱纹，所以改了好多次……非常抱歉！"

卫导演魂不守舍地看着我。我重新振作起精神，对他说道："太好了，现在是二十一世纪的现代，如果那老妇果真是西太后，而且已经一百来岁的话，那这里应该和电影中一样，是二十世纪三十年代。"

*

"那究竟是怎么回事？就跟所有怪谈一样，摄像机什么也没拍到，我骂了那么多，结果一句都没录下来……"卫导演唉声叹气地说道。我摇摇头说道："和我们国家那种小地方不一样，你们国家居然还会有这种事啊。不过让我们大胆假设，西太后让人写出的关于光绪皇帝和珍妃的京剧在时隔一世纪后被发现，而且将它带到中国后，竟然还让那个老太婆复活了。毕竟那可是古今交汇、真假难辨的拍摄现场，而且故事本身又和她有关。因为你把让死后的她饱受折磨、不得安宁的那一幕说出来，她忍受不了才烟消云散的吧。"

"虽然我无法完全赞同，但也只能这么想了。我知道了，暂且就当是这样吧。"卫导演苦笑着伸了个懒腰，然后像是突然想起什么似的说道，"那个京剧剧本还是有很多妙用的，不过找到它并将它带给你的那个男人，又是何方神圣？"

"谁知道呢……"我歪着脑袋思考了一会儿，无奈地摊着手说，"说不定是那个京剧的作者本人。"

当然，我和卫导演都清楚，这不可能是正确答案。

西洋镜剧院的悲喜剧

乐谱与
旅行的男人

1

　　故事发生在二战后的巴黎，尽管这座城市未被战火波及，但还是能看到战争留下的诸多伤痕。当然，要想在此窥见旧时的美好光景也并非难事。

　　这次的故事主人公是在纽约……以北很远的达切斯郡波基普西出生的提莫西·马克斯泰德，也就是所谓的"美国人在巴黎[1]"。

　　不过，这里说的可不是乔治·格什温创作的管弦乐曲。他与海明威等二十世纪二十年代就来到巴黎开展各种活动的美国人不同，是1951年米高梅公司制作的音乐电影中的一员。

　　大家是否还记得在那部大量使用了格什温所创作的乐曲的电影？其中金·凯利饰演的杰利·穆里根是一位常驻欧洲的美国陆军战士，他未能回到自己的祖国，而是作为一名艺术学生住在阁楼里，过着随心所欲的生活。

----

[1]《美国人在巴黎》是乔治·格什温于一九二八年间创作的交响诗，内容表达出极为浓厚的法美情怀。此曲开始时以弦乐和双簧管奏出主题，带出一片朝气蓬勃的境况。——译者注

实际上在战后，像他这样的美国青年并非少数。马克斯泰德也走上了这条路，又或许像他这样的存在正是这部电影的灵感来源。

总之，人称"提姆"的提莫西·马克斯泰德是在一九四四年八月解放巴黎之时才真正踏上这片土地。在第二年的五月八日——也就是后来的二战胜利纪念日——之后，他便一直住在巴黎。可能是非常喜欢巴黎的氛围吧，此外他也有想在巴黎追求和学习的东西，就像电影中比起绘画更擅长跳舞的金·凯利。不过和电影不同的是，他投身的是戏剧这条道路，至于为什么他从众多选择中选中了被称为第六艺术的戏剧，这个就不得而知了。

听说他在故乡几乎从未接触过戏剧，当时只喜欢音乐，甚至听说他还想在他的家乡成为音乐方面的专家。因为少年时期他曾看过巡游剧团的演出，那些利用拖车和帐篷旅行的艺人们在演出中使用了大量的音乐与歌曲，让他很快就着迷了，并希望自己有朝一日能成为其中一员。不过，数日后，演员们结束了表演，留下了少年提姆在空虚的城镇里。那梦境般的日子结束了，一成不变的日常生活仍然在继续着。

这种难以名状的心情，让他从那日起就开始流连于乐器店。大概是不想让那几天的快乐时光终结，想亲自奏响乐曲吧。

于是，在这个邻里之间彼此相熟的城镇里，大家都说马克斯泰德家的儿子想要成为音乐家，还出乎意料地颇有才华。不过，人们稀松平常地接受了这个认知，并很快就抛在脑后。

在这如一潭死水泛不起一丝波澜的城镇里，即使有才能和野心，最终还不是只能过上注定好的人生——大家可能都这样想开了。

当然马克斯泰德并没有放弃梦想。不过，他也不知道自己是想成为音乐家、作曲家，还是像杂耍剧团那样不停地旅行，用旅行箱装起自己的一生。他犹豫着、摸索着，最终让他不得不放弃梦想的——当然他自己是绝对不会说的——果然还是战争的缘故。

在被派驻进军巴黎前，他在联军与轴心国之间的最前线战斗，不发生战争就绝不可能体会到的独特体验，也让他被迫放弃少年时的梦想。正如战争迫使他放弃梦想一般，巴黎让他重拾曾经放弃的梦想。若非征兵就绝无可能来到巴黎的他，在这里遇到了很多事，其中自然也包括音乐。事实上只要他一有时间，就会去音乐大厅或者香颂歌厅，甚至还作为兼职乐手在歌舞剧团工作过。不过马克斯泰德知道，光这样是无法重拾梦想的。如果有人认识之前的他，可能会觉得他的选择有些出乎意料，但事实上这也并没有多令人意外。

他选择了戏剧世界。

可能是被在故乡接触不到的华丽舞台以及故事的紧张感所俘获，对马克斯泰德而言，这是个全新的世界，他仿佛找回了曾经遗失的立身之处。毕竟这座城市看上去并非一成不变，也没有假仁假义地劝他放弃梦想与希望随口糊弄他的人。他觉得即使最后被人狠狠背叛，也好过一开始就放弃。

既然如此，首先要学习和打好基础。马克斯泰德开始认真地听市内大学的公开讲座，他的努力得到了认可，在拿到了讲座教授的推荐信后，他拜访了当时巴黎戏剧界的泰斗——曾经身为演员的表演家维克多·博朗。

博朗是个潇洒的巴黎老绅士，他的衣着一丝不苟，薄薄的银发被整齐地梳起。看起来比公开讲座的教授更像是个教授的他，在听了马克斯泰德的话后，宛如魔术师一般，拿出了一个无论哪个口袋都不太能装下的硕大怀表。

那怀表怎么看都不像是二十世纪的东西，他好几次看着那说不定是十九世纪之前的镶金缀玉的怀表，最终啪的一声合上了怀表盖说道："好吧，马克斯泰德先生，欢迎加入我的剧团。"

就这样，马克斯泰德加入了博朗经营的蒙巴纳斯西洋镜剧院以及剧团附属的戏剧学校，这便是他的第一步，不，是第一幕。

蒙巴纳斯西洋镜剧院是位于蒙巴纳斯地区遍布剧院的哥特街上的一家小小的私人剧场，原本是一家袖珍剧场。它有时作为音乐咖啡店，有时又作为电影院。说到这个剧场的名字，它的灵感来源于照相机的发明者达盖尔享誉世界的光学布景"西洋镜剧院"，而剧场在博朗的手中发扬光大，成为这个地界上响当当的存在。

想必各位也知道，十七世纪莫里哀死后，以他的剧团为主体成立的法国喜剧团自一七九九年开始在共和国剧场——后世也称之为黎塞留馆——进行表演。大到加尼叶歌剧院，小到观众席不足三位数的小剧场，巴黎的剧场数不胜数。在这些剧场上演的戏剧也多种多样，如果想看通俗戏剧就去某个剧场，如果想看一战后发展起来的前卫戏剧就去某个剧场，要看二战后的荒诞派戏剧可以去某个剧场——一切都随观众喜好，甚至上演歌舞伎和京剧的地方都不在少数。其中，提莫西·马克斯泰德学习戏剧的蒙巴纳斯西洋镜剧院，从某种意义而言上演的都是逆时代潮流的、独具特色的戏剧，剧院在丰富的表演剧目中贯彻着他们的信念，即"不要畏惧上演成品剧，每部剧都通过台词对答和富有逻辑的编排，为观众们不断提供或爆笑、或惊悚的体验"。

尽管在认为戏剧越难理解越好的批评家以及一味追求新奇的戏剧达人中，剧场的剧目反响平平，但每当有新剧上演时，哥特街还是会被想看有趣故事的观众们堵得水泄不通。

马克斯泰德经历了一系列的打杂工作后，终于成为一名表演助手。而他也特别请求博朗让他成为实习音乐导演。

忘了说明的是，马克斯泰德虽是美国人，但个头不高，性格安静，做事沉稳，而且富有才华。因此比起故国，这里可能更适合他。

他的目标是成为剧场专属的音乐家，最终让他的音乐给蒙巴纳斯西洋镜剧院上演的剧目增添光彩，再度唤醒他曾在故乡体会过的那种美妙体验。为此，只有音乐是不行的，只有戏剧也是不够的。唯有二者彼此融合时，才能成就舞台上的美梦——而这个在巴黎的美国人，绝对想不到这一切后来给他带来了意料之外的邂逅。

2

　　几年的时光转瞬即逝。这期间，提莫西·马克斯泰德的名头也变成了"蒙巴纳斯西洋镜剧院助理音乐导演"，而且还兼任表演助手。他作为多面手在剧场大显身手，经常上一秒还在舞台上，下一秒就出现在了乐池中。此外，在练习的空隙，他还经常钻进无人的高排楼座，在那里谱写乐曲，为将来做准备。因为这份努力，他谱写的乐曲和伴奏也开始被使用在戏剧中了。

　　此外，他还有一个身份，那便是演员们的歌唱老师。无论是演技多么精湛的演员，毕竟不是专业的歌剧演员，在演唱方面几乎都是门外汉。这时就轮到他出场了，就连之后成为蒙巴纳斯西洋镜剧院当家花旦的苏珊娜·艾达·查普伊也曾接受过他的指导。

　　后面的事情有些难以想象，毕竟苏珊娜身形瘦小，穿着朴素，即使是去哪家店铺里工作，她可能也没机会站在华丽的卖场里，而是躲进店铺深处的工坊，从早到晚埋头工作。老实说，她算不上是个阳光的巴黎丽人。

　　只是，她眸子里时而闪过妖媚的光芒，让注意到她的人深深为之吸引。

　　她的父母在纳粹占领时期一直从事反法西斯运动，据说她父亲曾是一位技艺精湛的工程师，最终惨遭纳粹杀害。母亲是英国人，因丈夫过世的噩耗，最终心力交瘁，在战后没多久就辞世了，苏珊娜最终变成了孤身一人。据说她的名字中的艾达，正是源自她母亲家族中Ada这个名字。

维克托·博朗是她父亲的至交。他俩在纳粹占领时期相互救过对方的命，因此博朗收养了苏珊娜，代替她的父母照顾她，还送她去了剧院附属的学校。不过令博朗烦恼的是，在剧团一条街生活的人中实在不乏拈花惹草之辈，尤其是演员们，明明没什么名气，却各个都心高气傲得自以为明天就要成为法国喜剧团正式团员一样。要是被这群怪物盯上，像苏珊娜这样未经世事的女孩，绝对招架不住他们的攻势。

一名身为博朗故交好友的记者曾在听到博朗忍无可忍的抱怨后，苦笑着说道："你还真像是她的父亲啊。"当时正好是以荒诞作家皮埃尔·亨利·嘉密——恐怕大家对他的作品《白鼻福尔摩斯》更熟悉——的作品为原型改编的超现实题材轻喜剧上映之时，那名记者便语气轻佻地说道："这可真令人头疼啊，干脆就像嘉密的作品《少女华的受难》一样，用外科手术将她的'纯洁'取出，放进冰柜冷藏好了。"

不知为何，最终那名记者被暂时禁止进入剧场。

博朗实在防不胜防，最终他不得不在苏珊娜周围布下包围网。他对自己那群血气方刚的心腹们说道："那个谁谁谁盯上了剧团长亲友的女儿，绝不能让他对她出手。"就这样，他让年轻人们互相监视、互相牵制,而终于被允许进入剧场的报社记者听闻此话后,又不由得感叹道:"这可真是巧妙而坚不可摧的作战方案,正可谓是'众人结成的马其诺防线'吧。"

博朗听到这番话,不由得大为满足。不料记者又说道:"不过马其诺防线及其要塞因为德国装甲兵团突袭阿登高地而失去了效果啊。"

他的这番话让他再次被禁止进入剧场。

不知是博朗的一番苦心有了效果,还是担心苏珊娜这样不起眼的女孩被人盯上只是他的杞人忧天,最终并没有发生这些问题,不过倒是暴露了一个意外的盲点,那便是……

一九五〇年春天,蒙巴纳斯西洋镜剧院正在筹备新剧目的公演,新剧目题为《悲喜剧般的旅行记》。该剧在呈现时需要不断变换舞台,并大量采用了漫画中奔放的表现形式与极具冲击感的色彩。这在剧团历史上也是划时代的存在,同时还带着一点别的小小意义。

这是苏珊娜·艾达·查普伊作为剧团新一代当家花旦正式出道的作品,尽管她以前也上台演出过,但这是她第一次担任如此重要的角色。

最初还畏首畏尾的她,似乎是在一次次表演中积攒经验,体会到了乐趣,总之开始表现出了表演的意愿。

只是这次剧中主人公是一位神秘的东洋少女,同时剧中大量使用了东方和西方音乐。因此除了演技本身外,还需要对这些音乐作出恰当的反应。于是，苏珊娜需要接受音乐导演提莫西·马克斯泰德的指导，而在这次公演中，马克斯泰德的名头也摘掉了"助理"二字。

可能是因为喜悦，马克斯泰德用不同于往常的兴奋表情和语气对博朗团长说道："她的声音很棒，而且可能因为她过世的母亲早年亲手教她弹过钢琴，所以乐感也很好，唯一的缺点就是听音方面还有待加强。难得她乐感这么好，这次干脆就从基础开始教吧……没问题，她很快就会学会的。"

对此，博朗自然是不会反对。

不过，在艺术方面热情大胆的博朗，一旦事关苏珊娜就特别爱操心。他一边寻思着"该不会这小子也是吧"，一边躲在门后偷看他们练习。这种略带滑稽的姿态让这位老绅士一改往日的沉着和潇洒，完全看不出让剧团内外都为之着迷的敬畏的样子，但毕竟此一时彼一时。

他偷窥的是一间除了钢琴外几乎再无其他摆设的房间，马克斯泰德面对着琴键，随意弹响了几个音，苏珊娜背对着他认真倾听着。看来他们正在进行听音练习。

练习室里响起"Re——La——Re"的声响。苏珊娜听到这三个音时，脸庞一下明亮起来，大声喊道："爸爸！"

博朗不由得愣在原地，他对苏珊娜的回答感到疑惑和震惊，毕竟这两个字跟音乐毫无关系。更令他吃惊的是，马克斯泰德居然笑着说："OK！"并看向兴奋地回头与他对视的苏珊娜。

马克斯泰德扭头面向琴键,像刚才一样,再次弹下三个音。

"Ut——La——Si"。

这次也是三个音连弹,苏珊娜笑容明媚地说出了"出租车"这样令人摸不着头脑的答案。接着马克斯泰德增加了弹奏音符的数量,这次是"Si——La——Re——Sol——Mi"。

"徽章!"苏珊娜毫不犹豫地高声答道。对此马克斯泰德又肯定地说了句"OK!"。

博朗愈加感到摸不着头脑,为什么那些音符会对应这些答案呢?从两人毫不迟疑的对话来看,显然这就是正确答案。

博朗留在原地,努力想找出马克斯泰德弹的音符和苏珊娜的回答之间的规律。这时,马克斯泰德减少了音符数量,再次弹出了"La——Re——La"。

苏珊娜稍微思考了一下,然后嘻嘻笑了起来。她露出格外愉快的笑容,看向马克斯泰德,而马克斯泰德也笑逐颜开地对她竖起了大拇指。

这究竟是怎么回事?明明什么也没说,却又像是什么都说了,也难怪博朗会陷入混乱。为了搞清其中奥秘,博朗探出身子,试图听得更清楚点,没想到不小心撞到走廊一角堆积的零碎物品。尽管只是发出了很小的咔嗒声,室内的两人依然注意到了这边的动静。

二人疑惑地回头望向大门,幸好那名声在外的维克托·博朗已经成功地逃之夭夭了。

3

不久后，蒙巴纳斯西洋镜剧院的《悲喜剧般的旅行记》正式迎来开幕。煽动观众的情绪，并挑起他们的兴致一直都是维克托·博朗的惯用手法。因此，从序幕开始该剧就毁誉参半、众说不一，就连剧场里的观众（无论是一楼、二楼还是阳台座席上的）都纷纷喊道："赶快闭幕吧！""说什么呢，应该是请演员出来谢幕啊！"两种意见彼此碰撞，其喧闹程度甚至不输于舞台上的表演。

尽管众口难调，剧目依然在继续上演着，直到演至其中一幕时，这种纷争终于消停了，台下一片寂静。

那正是故事的女主人公——拥有柔美外貌和灵动闪耀眼眸的东洋少女登场的一幕，女主人公名叫云宁，扮演她的正是苏珊娜·艾达·查普伊这位剧团新星。

她明亮的发色被漆黑的假发掩盖，而平日里的内向和哀愁仿佛被封印起来了一般，不，说不定这反而才是她的真实性情。

那些天马行空的剧情令人眼花缭乱，而充满神秘色彩，在背后操纵着一众登场人物东奔西走的云宁，终于在换幕间的某个场景里，展现出了令人意外的一面。

独自站在素净的单色背景前，宛如普通的女学生一般，云宁轻轻地走着，时而低声呢喃，时而面带愁容。上一秒还在漫步，下一秒便活泼地跳跃起来，那身姿让舞台也仿佛化为了上学之路。此时交响乐团和音响主管都像是在默默守护着她一般，纷纷停下手中的动作。但舞台上并非寂静无声，云宁，不，苏珊娜雀跃地吹着口哨，哼唱着一首意味不明的歌。

"La——Sol——Mi——Re……Mi——Sol——Sol——"

这首曲子自由、随性而毫无意义，听上去细腻而略带哀愁。在场的观众和演员都对这曲子感到疑惑，不是因为它的奇妙，而是因为它不带任何意义。

这段本身是她的即兴演出，其他人也无法进行干预。不过知道这段乐曲本身毫无意义后，大家也都只当是随耳一听，认为这是塑造云宁这个角色的一部分，是她那遥远的祖国里流传着的旋律，然后注意力又回到苏珊娜的演技上。

这时，神秘的东洋少女无意间看向观众席，尽管眼里还带着魅惑的光芒，但云宁目光的尽头已经没有她想见的人了。确切来说，是苏珊娜想见的人。

这件事她早已知晓，尽管人已经不在了，但她还是不由得寻找那令人怀念的温柔身影。没错，提莫西·马克斯泰德已经不在蒙巴纳斯西洋镜剧院里了，连后台、附近的街道乃至在巴黎的天空下，都已经没了他的踪影。

提莫西·马克斯泰德此时已经踏上了告别旧大陆的旅途。

在那个乘飞机飞往美国都要三十多个小时，且只有固定几天有船出航的时代里，提莫西在出发前容不得半点犹豫。他来不及等《悲喜剧般的旅行记》首日公演，就要告别巴黎和西洋镜剧院，告别戏剧和音乐，以及告别亲爱的苏珊娜。他的离开是有缘由的，那正是驱使他来到巴黎并经历这种种邂逅的原因。

他的祖国自二十世纪初，在建国后不久反复经历了多少场战争，这答案是显而易见的。众人如此期盼的和平，如同短暂的梦境一般结束了。不光如此，此时的战争不过是后续一系列战争的开端。那些被美国打败的国家，明明在表面上可以处于长期的和平状态，没想到接下来还要继续混战。

这些先暂且按下不表，说回提姆。马克斯泰德开始了漫长的等待，等待这场混战结束，等待返乡之日，此外他所等待的还有一事。前两项最终到来了，但最后一项却迟迟未能实现。

无论以什么形式都好，写信、发电报、打长途电话，最好是本人亲自来回复。哪怕被拒绝也可以，他想要得到一个回答。然而，最终他未能等到回复，无论是在他回到故乡后，还是在他出发前的短暂间隙里，无论是在他踏上旅途时，还是在他平安返回后。他思前想后，最终还是决定再次横渡大西洋。

最终，马克斯泰德重返巴黎，赶往他怀念的蒙巴纳斯剧院一条街，没想到竟然得知了连做梦都无法想象的可怕悲剧。

那便是蒙巴纳斯西洋镜剧团团长的死讯，以及剧团解散、剧场关闭的消息。

4

《悲喜剧般的旅行记》首日公演盛况空前，迎来无数好评。但那天夜里发生了一起蹊跷的事件。

与剧场相邻的是剧团及演技学校的事务楼，那里设有博朗的办公室。与正在庆祝公演成功的剧场截然不同，这里十分幽静。两个强盗偷偷潜入其中，他们用压低的帽檐挡住眼睛，脸的下半部分也被黑布遮住，是很典型的入室抢劫犯的装扮。强盗们无声地打破窗户，侵入大楼，并扭断办公室的门锁，摸进了一片漆黑的办公室内。

来过这里的人都知道，博朗是个有名的古董收藏家，尤其喜欢收藏名表。他初见马克斯泰德时不经意拿出的怀表，就是他的收藏品之一，尤其是他收藏的这件"纽伦堡蛋"是十六世纪时期发明的发条式怀表（虽然无法放进怀里）。不光是古董爱好者，甚至连博物馆都对这件无价之宝垂涎三尺。

难怪它会被强盗们盯上。不过悲剧的是，博朗正巧和这两个强盗撞上了。当时他刚好有事，中途离开了一众演员，独自返回办公室，结果恰好撞上了强盗。当时，两个强盗正凭借着微弱的灯光熟练地翻找着宝贝，他们很快就意识到有人来了。虽然走廊上开着灯，但屋内一片漆黑，他们没能看到来者的脸，但很快明白必须马上干掉对方。

"住手！滚回去！"

在博朗喊出这句话的下一秒，强盗们开枪了。博朗身中两弹，应声倒地。两名强盗惊慌之下从窗户跳下，逃离了现场。

下一个赶到事发地的就是苏珊娜。她向警方解释说，是博朗说有话对她说，才把她叫来的，也不知道博朗究竟想对她说什么。苏珊娜抱起倒在走廊上的团长，拼尽全力想要救活他，但最终无力回天。就这样，名噪一时的维克托·博朗在稍后赶来的演员和工作人员们面前咽了气。

之后调查发现，博朗这几年来一直受人威胁，定期被要求支付一大笔钱，因此他不时会从银行取出大笔资金，不过尚不清楚这与强盗案是否相关。

案件发生后，尽管警方全力侦查，但还是未能弄清两个强盗的真面目。而在他死后，剧场经过数次休演，勉强完成了演出。因为出了这样一个充满话题性的案件，演出还算成功。但对于剧团而言，失去维克托·博朗这个顶梁柱的代价过于巨大，最终蒙巴纳斯西洋镜剧团解散，就连剧场都从哥特街上消失了。

竟然发生了这种事……

剧场一条街的人们对案件记忆犹新，从他们口中听说这一悲剧时，提莫西·马克斯泰德不由得呆立在原地。他无论拜访多少老友——尽管这些人也越来越少了，还有一件事他始终没能弄明白，那便是苏珊娜·艾达·查普伊的去向。众人经过多方寻找依然不知她的下落，只能推断她已经不在巴黎了。

想必是因为对她而言胜似亲父的博朗惨遭强盗杀害，她绝望之下心灰意冷，认为没有必要继续留在演艺界了吧。

"如果她不在巴黎，那我也没有留在巴黎的必要了。"马克斯泰德心中默默想道，但很快他就摇头否定了，"不，我还得确认那件事，不搞清楚那件事我不能离开这里！"他心意已决，又匆匆走起来，此前那段"美国人在巴黎"的日子仿佛是假的一般，街景看起来也格外陌生，他朝着曾经住过的阁楼走去。

*

一切契机都在那令人摸不着头脑的听音练习里，那是他和苏珊娜之间的小小游戏。

正如大家所知，法国和意大利惯用的"Do（在法国也写作Ut）、Re、Mi、Fa、Sol、La、Si"，在美国和英国会写成"C、D、E、F、G、A、B"。此外很多人也知道，在德国会用"H"来代替"B"。使用这些音符可以组成短小的暗号，比如"Re、La、Re"是"DAD""Do、La、Si"是"CAB""Si、La、Re、Sol、Mi"则是"BADGE"。听说有人会用这种方法来上课，而且苏珊娜那身为英国人的母亲曾亲手教过她弹钢琴，因此她可能本身就有基础。

无论如何，她解出了马克斯泰德抛来的种种谜题，甚至还将它翻译成了法语，这样一来之前听音训练中的音符就会变成"papa（爸爸）"、"taxi（出租车）"以及"insigne（徽章）"等单词。而"La、Re、La"就是"Ada"——那是苏珊娜的中间名，也就是艾达或者埃达，她听懂后自然是还没回答就笑出来了。

当二人因为战争而被迫分离之际，马克斯泰德想到了用这个小游戏来向苏珊娜传递信息，因为苏珊娜扮演的少女云宁在台上哼唱的歌曲交给他来安排，这正是个好机会。没错，公演首日观众们感到大为不解的少女之歌，其中包含来自他的信息。

将构成那首曲子的音符逐一换成从C到B的字母，可以组成好几个单词。他想，在自己离开后如果少女根据音乐采取了某种行动，那便是已经知晓了他的消息。于是，马克斯泰德将一段小小的旋律编写成短小的乐谱，在出发前轻轻封好，匆忙地交给了苏珊娜，并留下一句"等你快上台时再看"。至于为什么这样做，是因为她看过之后一定能马上看懂，并疑惑地问他是什么意思。

但那已经没有任何意义了。他只是希望在他们共同打造的舞台上，由她唱出那段旋律，并感受到自己的真意。那是在剧院的人海中，只有已经不在剧场里的他和少女才知道的秘密。这是属于他特有的浪漫。

这种做法尽管迂回，但他却不得不这么做，毕竟团长博朗视苏珊娜为掌上明珠，设下重重包围，对靠近她的男人严防死守，他也是因此才想出这个游戏。此外，也有他自身的原因。

没错，马克斯泰德在恋爱方面非常胆小。他在内心里热切地期盼少女对自己有好感，但又不敢确信这一点。同时，他也无法保证能再次见到她。

倘若被她发现了自然是最好，即使没有被发现，这也是命运的安排。如果对方发现但并没有回复他，那就是对他无意，他也只得作罢。马克斯泰德赌上了这一丝希望，却还是以惨烈的失败告终。

尽管他一直焦急等待着，但苏珊娜并没有联系他。他为自己的胆小和软弱而后悔，甚至尝试忘了她，但刚刚也提到，最终他无法忘怀少女，重返巴黎。

他曾经住过的地方奇迹般地保留了下来。原本就是个小阁楼，而且人们生活越来越富足，可能没人来租这里。虽然细微之处有些差别，但包括床在内的家具全都保留了下来。

他回国前曾拜托苏珊娜帮他收拾房间，同时也拜托房东处理掉剧团的东西。只要多加留意，就一定能发现那件东西。但最终这为她准备的小工艺品，也留在了这里。

马克斯泰德急不可耐地打开了这件工艺品，尽管因其坚硬的质地而感到不妙，但他还是一口气将盖子拆下来。下一个瞬间，他的脸上写满了失望。

"还是原来的……样子吗……"

他向苏珊娜诉说心意、表达重返巴黎之时想与她在一起的书信，还有为她准备的礼物，几年来都原封不动地保存在里面。

"和那时候比……没有任何改变……"

他久久伫立在床边，回想着当时如何绞尽脑汁寻找藏匿礼物的地方，寻找用于藏匿礼物的物品，还有自己是如何将满怀的心意倾诉于书信之上。他的心意最终还是没能传达给她。

当时自己都做了什么蠢事啊……悔恨毫不留情地灼烧着马克斯泰德的心。恐怕是博朗惨遭杀害一事，让苏珊娜没法注意到他的信息并来此确认吧。

不，这只是借口，明明无需做这些拐弯抹角的事，直接将心意告诉她就好。当时他若有这种勇气，事情也不至于变成这样。

只是，一切都已是覆水难收了。

很快，马克斯泰德像是逃离一般离开了巴黎。他的心中一片混乱，并无比痛心地决定此生不再造访巴黎。

事实上，此后几十年里，他都再也没踏上过巴黎这片土地。直到某一天，一封写着蒙巴纳斯西洋镜剧团的信件寄到了他手上。

5

随着时代变迁，出现了越来越多的新型媒体，但巴黎的剧场依然健在。当然，这期间剧场也出现了很多变化，比如曾经的加尼叶歌剧院，其大多数功能都被现代化的巴士底歌剧院所取代，如今是专供国家芭蕾舞剧团进行剧目表演的剧院了。

相反，建于十八世纪，拥有悠久历史，经常上演通俗戏剧的喜剧剧场，还有因斯特林堡和约内斯科的前卫戏剧而声名大噪的夜间剧场已经不见踪影。尽管在野心和改革精神中诞生了不计其数的剧场，最终都如泡沫般破灭消失。

说到大众戏剧，赤裸裸地描写血腥的惨案，给观众们带来震撼感受的大木偶剧场，最终因为剧情本身不及现实世界里发生的大屠杀和凶恶犯罪血腥可怕而闭馆，而这也不过才是一九六二年的事。

某一年，在蒙巴纳斯哥特街上，在一个鲜有人路过的角落，有一项活动正在举行。这里曾经是个有名的剧场，之后变成了电影院，不久电影院也停业了。在变成了咖啡店和购物中心，甚至变成了旧物堆放点后，几经波折的这里几乎变成了一片废墟，不过新生的微风已经悄然吹向了这里。

在经过了无障碍设施改造，引入了最新的音响、照明和舞台转换设备后，这里的外观也尽量还原了当年的样子，加上整体造型经典大气，让戏剧迷们倍感欣喜。在这隐秘角落的建筑，其外墙上久违地挂出了用镂空字体写出的招牌。

蒙巴纳斯西洋镜剧团。

在其名称之下，恭敬地写着表演剧目的名称——《悲喜剧般的旅行记》。没错，新生蒙巴纳斯西洋镜剧团将要再次演出该剧。

当年，随着维克托·博朗之死，剧院关闭，演员各奔东西。有的退出戏剧业界，有的去了新的地方，一切都渐渐被人们淡忘。近年来，对博朗及其作品的评价水涨船高，此时正好进行了蒙巴纳斯西洋镜剧团的重建，因此决定表演过去的作品。至于为什么会从众多剧目中选择《悲喜剧般的旅行记》是因为该剧引入了被誉为第九艺术的漫画要素，还有大众对于云宁这一具有艺术先驱意义的女主人公的高度评价。她的存在作为一种传说被代代相传，越来越多具有漫画要素的角色能够在戏剧中登场，据说明显是受到了她的影响。

新生蒙巴纳斯西洋镜剧团在本剧再次公演时，尽力寻找了当时的相关人员，并邀请他们来观赏首日公演，提莫西·马克斯泰德也在受邀之列。

当年的相关人员很多都已经去世了，而当时杳无音信的马克斯泰德是为数不多的例外，当然这并不是邀请他的唯一理由。事实上在他不知道的地方，他的作品也受到了高度评价——或者说是被重新发现。

就这样，马克斯泰德第三次踏上了他决意再也不会造访的巴黎。

当然，在邀请函几经波折送到他位于美国的住处时，他的心境极为复杂。即使已经垂垂老矣，他依然会被当时那件事发生后的自责和羞耻所折磨。

久未造访的蒙巴纳斯，令人怀念的哥特街，以及再次见到的蒙巴纳斯西洋镜剧团,一切看上去与过去并无差别。但那些明显的变化,还是让他既有些许失望,又感到几分安心。尤其是剧院的内部装潢,因为曾经用作他用而被整体拆除,观众席与彼时已是大有不同。

不少相关人士和记者得知了他的到来,想与他聊聊当时的情况。在一一作答后,他找了个角落的座位坐下来,感到无比安宁,仿佛已经不会为当时的事情而烦恼了一样。

终于开幕了。舞台上徐徐开演的故事,对于马克斯泰德而言是那样的新鲜和惊喜。当时他还没来得及看一眼自己打造的舞台就动身前往了美国。面对第一部由自己担任音乐导演的作品,他内心充满了纯粹的感动和无限感慨。

"原来是这样的吗……"

当故事进展到某一幕,神秘的东洋少女云宁登场时,甜蜜而酸楚的情绪萦绕在他的心间。舞台上毫无疑问是迷人、天真而娇憨的云宁,而饰演她的虽然是明显年轻很多的其他女演员,马克斯泰德却觉得台上的仿佛就是她——苏珊娜·艾达·查普伊。

很快,那一幕到来了。云宁开始哼唱起了那首歌——或者说是那段旋律。

"不!"

那一瞬间,马克斯泰德无声地叫喊出来,不由得从座位上站起来。"不是的……不是的!"他不顾身边观众的困惑,仿佛是在说梦话一般,用沙哑的声音反复说道。

确实，那段旋律与他交给苏珊娜的完全不同，即使不用回忆他都知道，他本想让苏珊娜在舞台上唱的是"Si——Mi——Re——Mi——Re——Sol——Mi"也就是将"Bed"和"Edge"两个单词变成音乐暗号后的旋律，意思是让苏珊娜去他借住的地方找一找床沿。

"这一定是哪里搞错了……"

此时少女云宁在台上唱出的却是"La——Sol——Mi——Re……Mi——Sol——Sol"。如果按照两人熟知的音乐暗号，这就是"Aged Egg"。"古老的蛋"究竟是指的什么，难道交给苏珊娜的谱子上记下的竟是完全不同的旋律？

马克斯泰德失魂落魄地跌坐在椅子上，"蛋"这个词让他想起一件往事，但现在完全不是回想这些的时候。

"不，这不可能……哈哈，是啊，没错，我只是随手拿了一小段乐谱给苏珊娜，所以没能留存下来，仅此而已……"他怀着满心的悲叹与自嘲喃喃自语道。

想来确实如此，即使重新演出过去的剧目，不可能连这种细节都能完美复现，想要在现在看到已经消逝的旧日景象，看到当时未能看到的那一幕，必然是不可能的。

这时，一只手从他背后的座位伸向了他，落在他的肩上。他惊讶地回过头，那只手的主人在他耳边低语道："并没有演错，提姆。"

他疑惑地侧耳倾听，那人继续低语道："没错，我拿到的乐谱，是被替换过的。那位女演员唱的确确实实是当日我唱的歌。"

此时，伴随着如雷的掌声，演出落下帷幕，场内的灯光亮起。在观众们嘈杂的交谈中，他猛然回头，不由得叫出声来。

"苏珊娜！"

尽管经历了漫长的空白，尽管经历了充满讽刺的错过，他与她最终奇迹般地重逢了。

6

这段漫长的悲喜剧的原委是这样的。

蒙巴纳斯西洋镜剧团的主人维克托·博朗确实是苏珊娜父母的挚友。不过，对于统治祖国的纳粹，博朗和他的挚友夫妇抱有不同的看法，而且他对苏珊娜的母亲——查普伊夫人怀有强烈的爱慕之心。最终，博朗表面装作赞同挚友，背地里却向当局秘密告发了查普伊先生进行反法西斯运动。就这样，查普伊先生不幸落入了圈套，甚至还没来得及发觉谁是背叛者，就被纳粹处以极刑。不过没过多久巴黎就被联军解放，博朗反而因为害怕被人告发是告密者，日日惶恐不安。更令他自作自受的是查普伊夫人战后因心力交瘁而去世，只留下了苏珊娜一人。

博朗抱着赎罪的想法收养了苏珊娜，同时他凭借战前积累的演艺活动经验，以哥特街作为大本营，创办了属于自己的剧团。

随着苏珊娜逐渐长大，博朗越来越能从她身上看到她母亲的影子，这也让他开始为自己内心涌现的复杂感情而苦恼不已。那个出入西洋镜剧场的记者玩笑般说出的"马其诺防线"其实防的是他自身对于苏珊娜的欲望，而来自美国的青年——提莫西·马克斯泰德从一开始就不在他的考虑范围内。尽管博朗认可他的才能，但丝毫不觉得他会和苏珊娜坠入爱河。

然而，博朗渐渐注意到，尽管当事人自己尚未察觉，但他们之间颇有好感。一开始博朗只是怀疑，在看到二人的听音练习后，这种怀疑变为了确信。就在他得知马克斯泰德受命回国的消息，稍稍放下心来的时候，不料撞见马克斯泰德夹着一张折叠过的乐谱，与苏珊娜交谈的场景。

博朗趁着苏珊娜不注意，偷到了那张乐谱，并很快知晓了其中包含的意义，于是他心生一计——可以利用这乐谱反过来拆散二人。显然，此时他陷入了心怀恶意之人很容易产生的误解之中，说不定这误解是因为在乐谱暗号中夹杂了"床"这个词。

那个混蛋，说来不及看《悲喜剧般的旅行记》就要离开法国，其实是在骗人。他准备偷偷躲在观众席的某个角落，等收到苏珊娜给他的暗号后，去某处的床上与她私会……

没错，博朗产生了一个重大误解，那便是他以为这个消息是苏珊娜传给马克斯泰德的。既然如此，博朗想到可以将乐谱替换，用假的消息来妨碍二人，最终干掉马克斯泰德。

关于博朗被人勒索钱财的事，后续也调查清楚了。那是他在战争时期犯下的恶行的报应。巴黎戏剧业界的泰斗竟然是纳粹的有力支持者，这消息要是被人知道，那可是天大的丑闻，博朗甚至可能身败名裂，所以他不得不唯唯诺诺地听从对方的要求。后来，他想到可以反过来利用此事。于是对威胁者建议道："这次表演结束后，你们来我办公室把宝石什么的都偷走，尤其是名为'纽伦堡蛋'的名表，这可是价值连城的。没关系，我给它们上了保险，不会有什么大的损失。怎么样，比起小偷小摸，这笔买卖显然划算多了吧。

"听到苏珊娜的歌声，马克斯泰德只要头脑正常，就一定会注意到她在说我的藏品。说起来我们第一次见面时，他饶有兴致地看过我的怀表。虽然从'古老的蛋'想到古老的怀表有些牵强，但毕竟能用的文字有限，而且这么短的时间内，苏珊娜也没法再想出其他合适的暗号。

"你可能会问，为什么他会来团长办公室？因为他说不定会傻乎乎地误以为我准备承认他和苏珊娜的关系……不，他一定会这样认为的，他肯定会来的！"

此时博朗已经失去了正常的判断能力。在这个计划中，他热切地希望马克斯泰德能够刚好撞上入室抢劫的威胁者们，到时候凶暴的威胁者们一定会枪杀他。之后这群惯犯会逃得无影无踪，只在现场留下马克斯泰德的尸体。

可能是博朗习惯了让演员们按照自己的意愿行动，因而有些过于自大了。在完成一切计划后，他加入了庆祝首日公演成功的人群中，并微笑着等待惨剧发生。

很快，他意识到一个可怕的事实，那便是马克斯泰德已经不在剧场中，而取代他前往办公室的是苏珊娜！

博朗推开了正好在走廊上的苏珊娜，奔向自己的办公室，在自己能看见对方，但对方却看不清自己的情况下，对着室内的二人喊道："住手！滚回去！"

回应他的是两发子弹。

很快二人逃离了现场，只剩下博朗和苏珊娜。面对苏珊娜，博朗在痛苦中只匆匆留下一句"对周围人说你是被团长叫来办公室的"便很快咽了气。

*

"原来是这样啊……"

"事实就是这样，提姆。"

演出结束后，在空荡荡的观众席上，面对百感交集的提莫西·马克斯泰德，苏珊娜·艾达·查普伊怀着喜悦的心情回答道。

马克斯泰德如同重获青春一般，而苏珊娜也露出了宛如台上的少女云宁一般的表情。

"我听说了你会来，但没想到真的能见到你……真是太难以置信了。"

"这也是我想说的，没想到你居然会来……你过得还好吗？"

"挺好的，托你的福。你怎么样？"

"我吗？我啊……"

二人聊了一阵知心话后，马克斯泰德像是突然想到了什么说道："所以，我写给你的乐谱后来从这世界上消失了是吗？博朗不可能留着的，说不定已经被他烧了。"

"可能是吧，即使还在，也不知从何找起。"

"那可真是遗憾啊。"

"是啊，我好想从你手中接过它，把它唱出来啊。"

"是吗？是啊……"

"是啊……"

曾经的恋人毫无隔阂地交谈起来，不知何时才能诉完衷肠。无奈之下，我只得在二人身后说道："实在抱歉。"

我当然知道此举非常不识趣。什么，你问我是谁？那还用说，这个故事从始至终不都是我在讲述吗！我每次都在别人的故事中登场，最多只是个聆听者。这次因为一些缘故，不得不毫不识趣地冒出来，这些姑且不谈。

"抱歉打断你们的交谈，马克斯泰德先生。"

听到我的话，他略显不悦地回头看向我，并时不时偷看苏珊娜。

"这个人是？"

"啊，抱歉，我说得太入迷了。提姆，这是帮我找到你住所的人。"

马克斯泰德疑惑地眨了眨眼,看向我问道:"所以,你是侦探吗?"

"也可以这么说,不过我的专业领域更特殊一点。"

"特殊的……专业领域?"

"没错,我有一事相求,能请你用纸笔写下原本希望那位夫人演唱歌曲的乐谱吗?"

"写下那首曲子的乐谱?"马克斯泰德的表情愈发不可思议了。我点点头。在苏珊娜微笑着用眼神示意后,他流畅地写下了乐谱,并抬头问我:"这样可以了吗?"

"可以了,"我点点头,"谢谢……那请收下这个吧。"我说着,将乐谱递给了苏珊娜。苏珊娜喜悦地将时隔几十年终于重新出现在眼前的乐谱抱在胸前。马克斯泰德则来回看着我和她。

"这是怎么回事?"

"这个啊……"听到这句话,苏珊娜神情羞涩地说,"因为我实在太想见到你,为此我需要找到这份早已消失的乐谱。因为要想找到它,势必需要见到你,并请你重新写一遍。所以,我才委托了他。"

"原来如此……什么?"

"没错,就是这样。"

没错,事情就是这样。为了找到不存在的乐谱,我必须要在全世界找某个人,这种事我也是第一次遇到。而且在无人知晓原委的情况下，我还要承担起故事讲述人这一职务。

不过看到二人无比幸福的样子，偶尔接受这种特殊的工作倒也不赖。

我的本职工作是寻找乐谱。无论是伦敦郊外孤独的妇人弹奏的乐曲，还是最终未能跻身一流的萨尔茨堡作曲家为恋人写下的曲子。无论是能够令死者重生的印度尼西亚民族音乐，还是用以售卖零食的罗马尼亚乐曲，甚至是为西太后所作的京剧，只要是乐谱，都不在话下。

"不过，床沿是什么意思？"

"这个吗？现在已经找不到了，不过这是我原来借住的……"

留下洋溢着幸福的氛围，亲密地交谈着的二人，我静静地离开了。因为我又将踏上旅途，寻求乐谱，查找乐谱，每日带着乐谱旅行。各位，如有需求，请来找我，无论何时何地，我都将奉陪！

《乐谱与旅行的男人》之旅

芦边拓

根据我随身携带的用来记录灵感和速写的Moleskine笔记本显示,二〇一五年五月二十八日,在池袋一家颇具昭和气息的咖啡店里,我参加了新系列书籍的讨论会。

参会者是负责我的编辑S先生,还有与我颇有缘分的某位钢琴家F老师。当时已经决定好《奇谭贩卖店》的下一部作品主题为"音乐",为此我找到F老师为我答疑解惑。

尽管我从伟大的江户川乱步的杰作中获得灵感,想到了整个系列的名称,但我不识音符,对此我毫无自信。我也想过要逃避难题,转而去写其他题材。但因种种原因,我不能让F老师看到我狼狈的样子,看在F老师的面子上,我正中了编辑S先生的下怀。

就这样,在二〇一六年十一月四日上午十一点零四分最后一篇写完之前,这段为期一年五个月零七天的旅程开始了,而这段旅程着实是不可思议。在《奇谭》系列中,我写悬疑故事时并未触及太多个人的体验和回忆,甚至登场的朋友们都令我大吃一惊,但比起旧书和旧书店这种我熟悉的领域,这次的音乐世界我是一无所知。

我也想踏足其中,创作出自己的故事,但结果是我翻遍了自己贫乏的异国体验,创作完后却发现每篇都没有出现常见的人与事物,笔下全都是因战乱、动乱、屠杀等历史变换而饱受折磨的人物。这对于我这样一个习惯于安居一处的作家而言，是未曾想过的全新世界，也希望读者能够发现这次"旅行"中的坎坷与欢乐。

◇

在《小说宝石》二〇一七年四月号上写了以上随笔之后的两年，《乐谱与旅行的男人》又以文库本的方式重新面世。在此期间，《奇谭贩卖店》因荣获第十四届"喝酒的书店店员最爱作品大奖"而得以再版，该系列第三本《幻灯小剧场》也顺利在《Giallo》上完成连载，以《叔叔的旅行箱》为题发行。

和"奇谭"系列一样，该书的初印本没有后记，因此在此我想对从连载时就为本文提供插画的平井贵子老师、负责装帧的柳川贵代老师以及上文提到的S先生，即编辑铃木一夫老师，还有新成为文库本负责人的持田杏树老师致以谢意。

此外，在我作为作家芦边拓出道前，曾向第二届《幻想文学》新人奖投去短篇作品，后被中井英夫和涩泽龙彦两位老师选为获奖作品，这次也邀请了该刊物当时的总编东雅夫先生撰写了解说。时隔三十三年后终于得到了这样的机会，不禁令我感慨万千。

想来当时给手写原稿加上封面，附上目录和后记，制成手制书后给朋友们传看，那时写的都是奇幻作品，之后我正式踏入悬疑小说的世界，没想到此时能够回归原点，写下这么多奇幻领域的作品。何况，如果一直写悬疑小说，我恐怕无法通过对现在的我而言依然充满神秘感的《乐谱与旅行的男人》遇见这么多新的读者。

北京市版权局著作合同登记号：图字 01-2024-3382

《GAKUFU TO TABI SURU OTOKO》
© Taku Ashibe 2019
All rights reserved.
Original Japanese edition published by Kobunsha Co., Ltd.
Publishing rights for Simplified Chinese character arranged with Kobunsha Co., Ltd.
through KODANSHA BEIJING CULTURE LTD.Beijing,China.

图书在版编目（CIP）数据

芦边拓幻想短篇集.乐谱与旅行的男人/(日)芦边拓著；青青译.-- 北京：台海出版社，2024.3
ISBN 978-7-5168-3793-1

Ⅰ.①芦… Ⅱ.①芦…②青… Ⅲ.①短篇小说－小说集－日本－现代 Ⅳ.①I313.45

中国国家版本馆 CIP 数据核字(2024)第 031246 号

芦边拓幻想短篇集.乐谱与旅行的男人

著　　者：[日]芦边拓	译　　者：青　青
责任编辑：员晓博	插画绘制：[日]浮云宇一
封面设计：✿·车　球	

出版发行：台海出版社
地　　址：北京市东城区景山东街 20 号　　邮政编码：100009
电　　话：010-64041652（发行、邮购）
传　　真：010-84045799（总编室）
网　　址：www.taimeng.org.cn/thcbs/default.htm
E-mail：thcbs@126.com

经　　销：全国各地新华书店
印　　刷：北京盛通印刷股份有限公司
本书如有破损、缺页、装订错误，请与本社联系调换

开　　本：880 毫米 × 1230 毫米	1/32
字　　数：120 千字	印　　张：5.5
版　　次：2024 年 3 月第 1 版	印　　次：2024 年 8 月第 1 次印刷
书　　号：ISBN 978-7-5168-3793-1	

定　　价：119.00 元（全三册）

版权所有　　翻印必究